AF186004

Mindmap der Liebe ist ein Roman von Christian Zott, der in einundzwanzig Kapiteln die verschiedenen Stationen einer universalen Liebesgeschichte beschreibt. Nach vielen der einzelnen Episoden in Form pointierter Kurzgeschichten gibt es Wendepunkte, an denen der Leser das weitere Schicksal der beiden Hauptfiguren Romeo und Julia selbst bestimmen kann. So entsteht ein origineller Roman als facettenreiches Kaleidoskop der Liebe in elf verschiedenen Variationen.

Christian Zott ist Gründer und Geschäftsführer der Beratungsfirma mSE Solutions GmbH mit Niederlassungen in München, Lübeck, Singapur und Pittsburgh. Sein Unternehmen hat sich im Bereich Supply Chain Management spezialisiert und betreut Kunden in der ganzen Welt. 2011 nimmt er eine Auszeit, in der das Projekt „Mindmap der Liebe" entsteht.

ᶜᶻbooks

Deutsche Erstausgabe 2014
CZ Books Verlag, München
Copyright by Christian Zott
Das Werk ist urheberrechtlich geschützt.
Sämtliche, auch auszugsweise
Verwertungen bleiben vorbehalten.

UMSCHLAGBILD
Mauro Fiorese

FOTOGRAFIE
Christian Zott

GESTALTUNG
Hans-Joachim Ellerbrock

LEKTORAT
Dr. Andreas Klement

DRUCK UND BINDUNG
tredition GmbH, Hamburg
Printed in Germany

ISBN 978-3-9816447-3-9

Mindmap der Liebe

Ein Roman von Christian Zott

Allen Suchenden und Liebenden

VERI
ROMANTISCHE
LIEBE

HOFFNUNGSVOLLE
LIEBE

SCHWANKENDE
LIEBE

EIFERS

SEITENS

MIND MAP

DER LIEBE

EWIGE LIEBE

...ENE

SCHICKSAL

TOD

GEBUNDENE LIEBE

WEITERLEBEN

HASS

NEUE LIEBE

GEWALT

DEPRESSION

EIGENE LIEBE

ZURÜCKGEROCHENE LIEBE

REUE

GEKAUFTE LIEBE

UMKEHR

EINSAMKEIT

Wegweiser

Der fünfte Pfad: Neue Liebe

Der sechste Pfad: Gewalt

Der siebte Pfad: Eigene Liebe

Der achte Pfad: Zurückgezogene Liebe

Vorwort

Ein kleiner Hafen an der ligurischen Küste. Auf dem glitzernden Wasser liegen die rot und blau bemalten Fischerboote, die von ihrem morgendlichen Fangzug zurückgekehrt sind. Ein älterer Fischer zieht einen Oktopus von stattlicher Größe auf die Kaimauer. Sein junger Gehilfe bringt einen Korb mit frisch gefangenen Scampi an Land. Eine hübsche Frau hat auf ihn gewartet und empfängt ihn mit einer zärtlichen Umarmung. Eine weiße Katze mit roten Pfoten zerrt an einem Fischkopf, den ihr jemand zugeworfen hat. Die Wellen klatschen sanft gegen die Mole, es riecht nach Meer und grünen Algen.

Christian Zott sitzt in einem Café an der kleinen Piazza und beobachtet das Treiben. Er ist ganz im Hier und Jetzt, saugt die Farben und Gerüche auf, beobachtet die Gesichter und die Mimik der Menschen auf dem Platz. Er genießt die Unabhängigkeit, über neue Themen nachzudenken und neue Projekte entstehen zu lassen. 137 Tage einer langen Wanderung liegen hinter ihm, viele sollen noch folgen. Seine Gedanken sind frei, anstatt um Lösungen kreisen zu müssen.

Als junger Experte für Logistik gründete er mit 27 Jahren ein Beratungsunternehmen, das sehr früh die Veränderungen und die Chancen einer globalisierten Wirtschaft erkannte. Mit Niederlassungen in München, Lübeck, Singapur und Pittsburgh entwickelte es sich selbst zu einer international agierenden Firmengruppe. Nachdem er 25 Jahre lang das Unternehmen aufgebaut und gefestigt hatte, nahm sich Christian Zott die Freiheit, neue Wege zu gehen. Er wollte die Zeit und den Abstand finden für eine gründliche Selbstreflexion und er wollte die eigene Rolle im Unternehmen neu bestimmen, indem er mehr Verantwortung an seine Mitarbeiter übertrug. Mehrmals waren längere Reisen wichtige Stationen, vielleicht auch Wendepunkte, in seinem Leben. So zum Beispiel in die Einsamkeit der kanadischen Wildnis, ins arktische Eis Grönlands oder nun in den Süden Europas.

Lebensweg, Lebenslauf, Lebensbahn – es gibt zahlreiche Wortverbindungen, die eine Beziehung herstellen zwischen der biografischen Entwicklung und der Bewegung. Am schönsten ist das vielleicht in dem Wort Werdegang ausgedrückt, das die individuelle Entwicklung, das Werden, mit dem Gehen verknüpft. Biografie, scheint es zu bedeuten, wird überhaupt erst durch die Bewegung möglich.

Auch am Anfang dieses Romans stand eine Reise. Christian Zott machte sich auf eine 5000 Kilometer lange Wanderung durch Südeuropa, fast 40 Kilometer am Tag, vom westlichsten Punkt in Portugal bis zur östlichen Grenze am Bosporus. Als überzeugter Europäer entschied er sich sehr bewusst für diese Route. Und er ging nicht allein: Die grundlegenden Werke der europäischen Literatur und Philosophie, von Homer über Aristoteles bis Dante und Goethe, waren als Hörbücher seine vertrauten Begleiter.

Auf seinem Weg entlang der Küste begegnet er vielen Menschen und allmählich stellt er fest, dass er die meisten einer von zwei Gruppen zuordnen kann: „Suchende und Liebende." Ihnen ist dieses Buch gewidmet. Er fotografiert mit dem Smartphone, spontane Momentaufnahmen entlang des Weges, und bald merkt er, dass auch diese Bilder, konkret oder allegorisch, das Thema „Liebe" umkreisen. Einige der Fotografien wurden für dieses Buch ausgewählt.
Er beginnt, die Gedanken zu ordnen, und versucht, dem großen Gefühl eine Struktur zu geben. Dabei benutzt er eine Technik aus der Psychologie und dem Management. Eine Mindmap dient dort dazu, ein Themengebiet zu erschließen und zu veranschaulichen. Übertragen auf de Literatur, ist die Methode das Instrument, um den heute vielfach banalisierten Begriff der Liebe, das vielleicht mächtigste Gefühl in uns Menschen, in seiner Vielfalt zu beschreiben.

Das Buch, das während des Gehens entsteht, ist eine ungewöhnliche Reflexion über die Formen der Liebe in unserer Zeit. Die besondere Entstehungssituation ist an verschiedenen Stellen des Romans erkennbar, am augenfälligsten an den Handlungsorten. Die einundzwanzig Kapitel spielen an zwanzig verschiedenen Orten, meist europäische Metropolen, aber auch Schauplätze in der Natur. Diese Orte sind nie konkret benannt, doch immer eindeutig identifizierbar anhand charakteristischer Details. Wie für den Reisenden mit der vergehenden Zeit das Gesamtbild immer mehr verschwimmt, während einzelne Erinnerungen, wie ein Gemälde oder der Geschmack eines Gerichts, umso deutlicher hervortreten, so wird der Leser entlang markanter Einzelheiten durch die Orte des Romans geführt.

Die einzelnen Kapitel sind jeweils in der Form pointierter, in sich abgeschlossener Kurzgeschichten geschrieben. Jede dieser Episoden bildet eine mögliche Station einer universalen Liebesgeschichte. So entsteht ein Kaleidoskop der Liebe in ihren vielen Erscheinungsformen mit den schönsten und hässlichsten, den aufrichtigsten und niedrigsten, den animalischsten und zartesten Gefühlen. Nicht zufällig sind die beiden Protagonisten nach Shakespeares berühmter Liebestragödie benannt: Romeo und Julia sind das glücklichste und das traurigste Paar zugleich.

Nach vielen Kapiteln gibt es wie bei einer wirklichen Reise Kreuzungen oder Wendepunkte, an denen der Leser den weiteren Verlauf der Geschichte selbst bestimmen kann. Auf diese Weise entstehen elf verschiedene Geschichten oder Lesepfade innerhalb eines Romans. Dem entspricht eine Erzählweise, die ausdrücklich nicht chronologisch vorgeht. Unser autobiographisches Gedächtnis beschreibt oft seltsame Wege; wenn wir uns an ein bestimmtes Ereignis erinnern, haben wir meist zuerst einen besonderen Moment vor Augen, um dann alles andere zu rekonstruieren. Im Roman werden diese Prozesse des Erinnerns erzählerisch nachgebildet, weshalb zum Beispiel Zeitsprünge in Form von erläuternden Retrospektiven oder Vorausdeutungen ein wichtiges Stilmittel sind.

Wie das lange Gehen den Gedanken Raum lässt für freie Verknüpfungen, so sind die einzelnen Episoden durch die teils bruchstückhaften, teils hyperrealistischen Wahrnehmungen und Erinnerungen des Erzählers strukturiert. Und wie die Wanderung den Anfang und den Rahmen dieses Romans bildet, so wird das Reisen selbst zur großen Metapher für die Liebe.

Andreas Klement

Hoffnungsvolle Liebe

Über ihnen kreisten langsam und gleichmäßig schwere Propeller aus Holz und eingelegtem Rattan. Der Luftstrom erzeugte eine angenehme Abkühlung auf ihrer heißen und mit kleinen Schweißperlen übersäten Haut. Die Flügel der Tür zum Balkon standen weit offen und die Morgensonne ertastete das Zimmer mit ihren ersten Strahlen durch den hauchdünnen Vorhang. Von den Straßen her klang das Stimmengewirr der Händler, und der Geruch von geröstetem Sesam stieg in den Raum.

Es war noch immer heiß im Zimmer, vom Tag zuvor und von der Hitze der bewegten Nacht. Sie schlief eingerollt auf der Seite liegend, ein engelhaftes Lächeln im Gesicht, er lag auf dem Rücken, mit offenen Augen, die durch den Ventilator und die Decke hindurch auf die verrückten Erinnerungen der letzten Stunden blickten.

Er fröstelte, als er am Tag zuvor den Holzsteg entlang der Säulenreihen ging und in schwarzklarem Wasser weiße Fische beobachtete. „Wie können die hier nur leben", dachte er und betrachtete staunend die Größe der alten Zisterne, die Kaiser Konstantin vor Jahrhunderten hatte bauen lassen, ein ruhiger Zufluchtsort unter der quirlig lauten Stadt darüber. Er war früh am Morgen hierher gekommen und fast alleine in der imposanten Anlage, als er zu den Gorgonenhäuptern kam, die in einem hinteren Bereich der Zisterne umgekehrt

im Wasser lagen und den Säulen als Basis dienten. Der Anblick war verwirrend. Treppen führten hinunter zu einer kleinen Plattform, umgeben von einem Wasserbecken. In der Mitte stand eine mächtige korinthische Säule auf einem großen Steinquader. Der auf dem Stein dargestellte Kopf der Medusa war umgedreht, die Schlangenhaare halb im Wasser.

Nicht dieser Anblick irritierte ihn, es war sie, mit ihrem roten Kleid, ihren langen schwarzen Haaren, die vergeblich versuchte, einen Kopfstand zu machen. Immer wieder fiel sie fluchend um. „Verdammt, kannst Du mir bitte helfen? Ich möchte Medusa gerade in die Augen sehen! Ich möchte wissen, was dann passiert!" Er ging verdutzt zu ihr, half ihr bei ihrem nächsten Versuch, auf dem Kopf zu stehen, und stützte sie mit einer Hand, die ihre zierlichen Knöchel umschloss.

So standen die beiden erstmals nebeneinander und blickten auf den Medusenkopf. Minutenlang, ohne ein Wort zu sprechen. Nur verstohlen schielte er auf die makellosen Beine und das schwarze Spitzenhöschen, das ihr verrutschtes Kleid erkennen ließ. Er wird später partout behaupten, dass er sich schon vorher Hals über Kopf in sie verliebt hatte.

„Lass mich wieder runter, ich bin noch immer nicht zu Stein erstarrt, außerdem platzt mir gleich der Schädel und kalt ist es auch. Lass uns was trinken gehen, ich heiße Julia." – „Ich heiße Romeo."

Entscheide jetzt! Weiter mit ...
Romantische Liebe (S. 20) *oder*
Schwankende Liebe (S. 49)

Romantische Liebe

Romeo und Julia entwickelten über die Jahre eine bemerkenswerte Eigenschaft. Beide konnten die Wünsche des anderen erkennen, bevor diese ausgesprochen wurden. Beide machten von dieser besonderen Gabe aber nur so viel Gebrauch, dass jeder sich wohlfühlen konnte, ohne von der Fürsorge des anderen erdrückt zu werden. Beide waren füreinander da, weil jeder von ihnen im Gleichgewicht lebte. Das, was vor fast drei Jahren stürmisch begonnen hatte, wurde eine feste Einheit mit unendlichem Freiraum für jeden einzelnen.

Im späten Frühjahr waren die Spalten weit offen und gut zu sehen. Trotzdem hatten sie sich angeseilt und fuhren langsam mit Herzklopfen den Gletscherrücken hinab, vorbei an Kratern, Rissen und Löchern, deren schwarze Öffnungen keinen Boden erkennen ließen.

Seit zwei Jahren hatten Romeo und Julia geplant und gespart, um sich diesen Traum zu erfüllen, ihre erste gemeinsame Hochtour. Noch vor zwei Stunden saßen sie mit ihren Rucksäcken, Eispickeln, Seilen und Skiern an einem kleinen Bahnhof unterhalb des

Gletschers und warteten voller Spannung auf die Bahn zum Gipfel. Ihre Blicke klebten an der riesigen Nordwand des Eigers. Die Sonne warf dort scharfe Schatten unter den gewaltigen Gletscherbrüchen an den glatten Fels.

Romeo und Julia waren erfahrene Bergsteiger, doch umgeben von all den mächtigen Gipfeln überkam beide ein ehrfürchtiges Frösteln. Der Gletscher bewegte sich unentwegt unter ihnen. Sie hörten es knacken und sahen immer wieder langgezogene Risse im Zickzack durch das blaue, vom Wind blankgeputzte Eis ziehen. Langsam fuhren sie weiter nach unten, Schwung für Schwung, zwischen sich nur das Seil, ihre Verbindung zum Leben, sollte einer in eine Spalte fallen. Romeo fuhr voran, seine Gedanken waren immer bei Julia. Julia folgte eine Seillänge dahinter, ihre Gedanken waren immer bei Romeo.

Dann erreichten sie die große graue Felswand, die senkrecht aus dem Eis ragte und es war so, wie sie es vermutet hatten. Die erste Sprosse der Eisenleiter, die nach oben führte, befand sich hoch über ihnen. Der Gletscher ging Jahr für Jahr zurück und der Zugang zur Hütte führte über eine lange Metalltreppe, die fest im Felsen verankert war. Romeo kletterte die ersten Meter über kalten Fels und sicherte Julia an der untersten Sprosse der Eisenleiter. Langsam stiegen sie hoch zur Hütte, die wie ein Adlerhorst auf einem kleinen Felsplateau thronte.

Sie waren alleine, kein Mensch weit und breit. Die Hütte war zu dieser Zeit nicht bewirtschaftet, sie wollten es so. Die Sonne hatte die Schindelwand der Hütte aufgeheizt. Romeo und Julia saßen eng umschlungen auf ihren Rucksäcken, ihre Rücken an die warme Hüttenwand gedrückt. Stundenlang sprachen sie kein Wort und blickten fasziniert auf den Gletscher hinab. Ein Steinbock galoppierte über das Eis bis zum nächsten Felsvorsprung auf der gegenüberliegenden Seite des Gletschertales. „Siehst Du ihn", fragte Romeo. „Ja, wie majestätisch", antwortete Julia.

Romeo küsste Julia zärtlich auf ihre durch Schnee und Wind aufgesprungenen Lippen, stand auf und fing an, die Schindelreihen der Hüttenwand abzuzählen. „Eins, zwei, drei Reihen nach oben, dann dreizehn Schindeln nach rechts ... Ja, sie bewegt sich!", murmelte er zufrieden und erleichtert in sich hinein. Er fand das kleine Kästchen mit dem Ring für Julia. Im vergangenen Jahr war er schon einmal hier gewesen und hatte es versteckt, für heute, den großen Tag.

Entscheide jetzt! Weiter mit ...
Verbundene Liebe (S. 24) *oder*
Gebundene Liebe (S. 34)

Verbundene Liebe

Von unten schallte *Der Frühling* nach oben. Zum ersten Mal seit zwei Jahren waren wieder alle zusammen. Alle fünf Kinder waren mit ihren Lebensgefährten gekommen. Luisa hatte die beiden Enkel in einen großen Korb gebettet und auf die oberste Steinstufe des Theaters gestellt.

Sogar ihr Ehemann hatte es trotz seiner vielen Termine möglich gemacht anzureisen. Etwa vor einer Stunde war er gelandet und zwängte sich unten bestimmt durch die Menge, um zu der kleinen vergnügten Gruppe nach oben zu steigen. Mehr als 20.000 Menschen waren im Theater, saßen, standen oder suchten noch einen Platz in den oberen Reihen.

Luca, ein Freund von Romeo, hatte Konstantin das Ticket in die Hand gedrückt und schleuste ihn durch den Seiteneingang für Behinderte. Natürlich war das nicht ganz korrekt, denn Konstantin war mit seinen fast zwei Metern Größe ein Bär von einem Mann. Doch Luca nutze lediglich seine guten Verbindungen bei den Damen am Einlass. Er war hier geboren, aufgewachsen und ein angesehener Mann, der die Frauen liebte. Ein Italiener mit viel Herz und Gespür für alles Schöne.

Neben Luisas Korb war bereits eine Decke ausgebreitet, auf der bisher nur Romeo und Julia Platz genommen hatten. Der Rest der Gruppe blickte überwältigt auf das antike Amphitheater, das zu Zeiten von Kaiser Tiberius erbaut worden war. Ein fabelhafter Rahmen für Vivaldis *Vier Jahreszeiten.*

Julia hatte sich zusammengerollt und ruhte mit ihrem Kopf auf Romeos Oberschenkeln. Sie lauschte mit glänzenden Augen und von Glück erfülltem Körper dem Allegro des ersten Violinkonzerts.

Giunt'è la Primavera e festosetti
la Salutan gl'Augei con lieto canto,
E i fonti allo Spirar de' Zefferetti
*Con dolce mormorio Scorrono intanto. *)

(Der Frühling ist gekommen und
die Vögel begrüßen ihn fröhlich,
während ein leichter Wind
über plätschernde Bächlein weht.)

Constanze, die jüngste der fünf Geschwister, hatte nach den dramatischen Ereignissen im vergangenen Jahr vehement darauf bestanden, hierher zu kommen und ein ganzes Wochenende lang gemeinsam die Gegend zu erkunden. Zum See zu fahren, am alten Hafen in das gute Restaurant von früher zu

gehen, in den nahegelegenen Thermen zu baden und anschließend Dante auf seinem Podest zu besuchen, um sich zu erinnern, wie er geleitet von Vergil durch das Inferno bis ins Paradies schreitet, auf der Suche nach seiner verstorbenen Beatrice. Julia hingegen lebte noch!

Am frühen Abend vor der Vorstellung hatte sie Luca zu einem Freund gebracht, der in der Nähe der Piazza delle Erbe ein bemerkenswert gutes Restaurant führte. Der Vater des Freundes schnitt zur Begrüßung bedächtig große Mengen verschiedener Schinken als Vorspeise auf und stellte die Teller auf die lange Tafel.

Es war ein lautes, vergnügtes Abendessen. Nur der Zwischengang unterbrach die heitere Stimmung für einen kurzen Augenblick. Eine besondere Aufmerksamkeit des Gastgebers wurde aufgetragen, eine Spezialität des Bauern, der ihm die Lämmer verkaufte: zwei kleine Stücke, braunrot und bohnenförmig, auf Radicchio serviert. Schlagartig saßen alle erstarrt und schweigend vor ihren Tellern. Nieren, geschmort in Barolosauce. Romeo und Julia fingen als erste an schallend zu lachen und begannen zu essen.

Im vergangenen Jahr waren beide durch die Hölle gegangen. Es war nicht die Entscheidung, ob Romeo spenden wollte, das stand für ihn von der ersten Sekunde an fest. Es war die Zeit, die so schleppend verging, bis sich bestätigte, dass die transplantierte Niere von Julias Körper angenommen wurde.

*) Antonio Vivaldi, *La Primavera*

Entscheide jetzt! Weiter mit ...
Ewige Liebe (S. 29) *oder*
Schicksal (S. 39)

Ewige Liebe

Die Schiffsschrauben tönten dumpf und zogen einen langen, schäumenden Strich durch die platte, tiefblaue See. Eine Schule Delphine spielte zwischen den mächtigen Bug- und Heckwellen, die sich in einem spitzen Winkel voneinander entfernten, fast bis zum Horizont.

Die Sonne stürzte wie an den Tagen zuvor scheinbar in Zeitlupe senkrecht ins Meer. Das war der Augenblick, auf den Romeo und Julia gewartet hatten. Beide wünschten sich seit langem, das wahre Äquinoktium einmal an diesem Ort zu erleben. Das zweite Mal in diesem Jahr waren Tag und Nacht gleich lang und in wenigen Minuten würde die Sonne genau über dem Äquator stehen. Es war der 23. September kurz nach elf Uhr zuhause, bei den beiden war es bereits sechs Stunden später.

Romeo und Julia lagen eingewickelt in graue Decken schon den ganzen Nachmittag nebeneinander in zwei Liegestühlen. Auf den kleinen Tischen rechts und links stand jeweils ein Glas Wasser. Die Gehhilfe von Romeo lehnte in einer kleinen Nische am Treppenaufgang zum darüber liegenden Deck.

Lange sprachen die beiden über ihre Kinder zuhause, die vielen Enkel, die sie jung gehalten hatten, und sie wanderten in den endlos vielen Erinnerungen der vergangenen fünfzig gemeinsamen Jahre umher. Sie kicherten, weinten ab und zu und erreich-

ten einen Zustand entspannter Zufriedenheit. Beide ließen sich wie so oft treiben von den Ideen alter und neuer Denker, unterhielten sich über die Ethik von Aristoteles,

Schopenhauer und Kant. Sie sprachen darüber, was kommen wird, aus Sicht der Philosophie und der Religion. Wird der Tod das endgültige Ende bedeuten? Wird der Tod die Zwischenstation zu einem neuen Leben sein? Ist der Tod der Übergang zu einwem anderen Zustand im Jenseits? „Was auch kommen wird", sagte Romeo zärtlich zu seiner Julia, „unsere Energie wird immer erhalten bleiben."

Sie tranken einen Schluck Wasser, Romeo suchte Julias Hand und sie lehnten sich zurück, um das blutrote Schauspiel der untergehenden Sonne zu genießen. Es wurde dunkel und ganz langsam glitten ihre beiden Hände voneinander. Stunden später wollte die Stewardess der Ocean Bar noch zusätzliche Decken bringen.

Genau ein Jahr zuvor war Julia mit ihrem Befund nach Hause gekommen. Seit Romeo nicht mehr richtig laufen konnte, musste sie alleine den Haushalt bewältigen und das gemeinsame Leben organisieren. Trotz allem waren beide zufrieden und hatten noch immer täglich glückliche Momente. In einem langen gemeinsamen Leben hatten sie viel Schönes erleben dürfen. Julia setzte sich zu Romeo an den Tisch und blickte ihn mit liebevollen, weichen

Augen an. „Liebster, ich habe noch ein Jahr, vielleicht noch zwei, zu leben." Wortlos nahm Romeo ihre Hand und sie schwiegen lange gemeinsam, nur im Hier und Jetzt.

Die folgende Planung der Kreuzfahrt erwies sich als erstaunlich einfach. Nur die Kinder mit ihren Partnern und auch schon die Enkel waren diejenigen, die ihr Vorhaben fast noch verhindert hätten. Es galt, die Nachkommenschaft unentwegt zu überzeugen, dass sie nicht zu alt für eine solche Reise seien. Und sollte doch etwas passieren, baten sie darum, eine Überführung zurück in die Heimat zu unterlassen.

Das eigentliche Ziel der Reise zu verwirklichen, war jedoch entschieden schwieriger. Zum einen war Romeo nicht mehr so beweglich wie früher, zum anderen war es nicht einfach, die geeigneten Kontakte herzustellen. Doch eines hatte ihn sein ganzes Leben ausgezeichnet: sein unbändiger Wille, einen einmal gefassten Entschluss zu Ende zu bringen.

Romeo war mit der Bahn in die Schweiz gefahren, um sich über all die Fragen eines würdevollen Lebensendes zu unterhalten. Von einem alten Freund hatte er die Adresse bekommen.

Die Dame, mit der er schon vor längerer Zeit in Kontakt getreten war, sprach besonnen und einfühlsam. Die Zeit drängte, in sechs Monaten sollte ihre Reise beginnen. Er benötigte nur 30 Gramm Pentobarbital-Natrium, 15 Gramm für sich selbst, 15 Gramm für Julia.

Gebundene Liebe

Romeos Unfall lag jetzt schon über fünfzehn Jahre zurück. Er saß in seinem Rollstuhl, den großen Eichenschreibtisch im Rücken, vor der breiten Fensterfront seines Büros. Vom dreißigsten Stockwerk aus hatte Romeo einen großartigen Blick auf die landenden Flugzeuge des nahegelegenen Flughafens. Er konnte sich nicht erinnern, wann dort nicht gebaut und erweitert worden war. Aus dem einst so übersichtlichen Flughafen war ein Moloch der weiten Wege geworden. Immerhin, musste er fliegen, hatte Romeo Glück im Unglück. Wegen seines Handicaps und seines Status, wurde er stets abgeholt und direkt zum Flugzeug gebracht.

Er liebte diesen Blick aus seinem Büro, vor allem dann, wenn es dämmerte und eine sentimentale Stimmung des Fernwehs in ihm aufstieg. Manchmal wünschte er sich dann, schnell an irgendeinen andern Ort dort draußen zu fliegen.

Romeo drehte gekonnt seinen Rollstuhl um 180 Grad, rollte zurück zu seinem Arbeitsplatz und beantwortete die letzten Emails für diesen Tag. In einer halben Stunde würde sein Schwiegervater zur täglichen Rücksprache erscheinen und er wollte vorher noch mit seiner Assistentin den kommenden Tag besprechen. Geschäftspartner aus Asien und Kanada wurden erwartet, und beide Termine überschnitten sich. Dabei war niemand im Haus, der ihm die Gespräche hätte abnehme können. Aber es war nicht zu ändern, außerdem hatte er bislang jede schwierige Situation bewältigt, die sich ihm stellte.

Punkt acht Uhr stand Pa in der Tür und stellte die obligatorische Frage, ob es Romeo störe, wenn er in seinem Büro seine Zigarre rauche. Natürlich nicht, Romeo hatte vor Jahren extra deswegen die Rauchmelder und die Sprinkleranlage ausbauen lassen. Der Deal mit der Versicherungsgesellschaft kostete ein halbes Vermögen, um das gesamte Hochhaus trotzdem im vertraglichen Schutz zu behalten. Pa, der Vater von Julia, hatte die Privatbank bereits von seinem Vater übernommen und zu einem sehr erfolgreichen Unternehmen ausgebaut. Er hatte nur eine Tochter und in seiner sehr konservativen Sichtweise war Romeo als Mann derjenige, der alles weiterführen sollte.

Dann ereignete sich der schreckliche Unfall. Zwar konnte Romeo Julia rechtzeitig von der Fahrbahn stoßen und sie dadurch retten, selbst aber wurde er von dem betrunkenen LKW-Fahrer angefahren und schwer verletzt. Pa saß tagelang im Krankenhaus an seiner Seite. Damals beschloss er, egal was kommen würde, Romeo selbst auszubilden und ihm einmal seine Bank anzuvertrauen. Zwei Monate später ließ er es sich nicht nehmen, Romeo persönlich vom Krankenhaus abzuholen. Eigens dafür hatte er ein angepasstes Auto gekauft, Romeos ersten Firmenwagen, mit dem er trotz seiner Behinderung selbst nach Hause fahren konnte.

Lange Zeit wollten Romeo und Julia frei und unabhängig bleiben. Julia wehrte sich seit Romeo sie kannte mit Händen und Füßen dagegen, als Tochter eines der erfolgreichsten Unternehmers des Landes wahrgenommen zu werden. Alles wollte sie aus eigener Kraft erreichen. Von der Finanzierung ihres Studiums bis hin zu dem Leben mit Romeo, das sie ohne große Ansprüche führen wollte. Jetzt war alles anders. Ihren Sport in den Bergen konnten sie nicht mehr gemeinsam ausüben und alleine machte es Julia keine Freude. Sie wollte jederzeit für Romeo da sein, auch tagsüber, wenn er bei seiner intensiven Arbeit war. Er hatte ihr das Leben gerettet. Ihr Leben gehörte jetzt ihm.

Romeo durchlief in diesen Jahren ein persönliches Traineeprogramm des besten Privatbankers des Landes. Er war ein gelehriger Schüler und wurde schon bald zu einem international geachteten Topmanager. Nebenher nahm Romeo eine Dozentenstelle an der örtlichen Universität an, eine Gastprofessur an der Universität in Hongkong musste er ausschlagen, da die Reisezeit nicht mit seinen Aufgaben vor Ort zu vereinbaren war. Irgendwann hatte Romeo sein Schicksal akzeptiert und entwickelte sich zu einem neuen Menschen. Waren seine und Julias Ziele vor dem schrecklichen Ereignis ihr Freiheitsdrang, das Leben in der Natur, eine große eigene Familie und ein Job als Angestellter eines Sportartikelherstellers gewesen, so hatte sich ihr Leben nun vollkommen verändert. Nach Romeos Unfall konnten sie keine eigenen Kinder mehr haben und Julia wartete tagein tagaus in einer großen Villa mit mehreren Angestellten auf ihn, bis er von seinem Fahrer nach Hause gebracht wurde. Romeo hatte nur noch ein Ziel: Er wollte zu den Besten der Branche gehören.

So veränderte sich die Liebe der beiden. Beide brauchten einander. Julia brauchte Romeo, dem sie sich verpflichtet fühlte. Romeo brauchte Pa, der ihm aus eigenem Interesse den Steigbügel für seine Karriere hielt. Und er brauchte Julia, die aus Dankbarkeit ihr Leben aufgab, um immer für ihn da zu sein.

Schicksal

Julia hielt zitternd Romeos Kopf in ihrem Schoß, strich ihm die verklebten Haare aus dem Gesicht und schrie hysterisch. Sein abgetrennter Körper lag neben ihr.

Hätte das Restaurant an der Placa de les Olles nicht Ruhetag gehabt, sie wären jetzt bestimmt an der langen, wundervollen Bar gesessen. Alles wurde dort vor den Augen der Gäste frisch zubereitet: Pimientos, Almejas, Bonito, Anchoas, Chipirones, Navajas, Pata Negra, und, und, und. Wie Julia Romeo kannte, würde bestimmt schon die zweite Flasche Macabeu Penedès auf dem Tisch stehen. Aber es war eben Wochenende und da hatte das Restaurant nicht geöffnet.

Stattdessen standen sie lange vor der enormen, noch immer nicht vollendeten Basilika, deren Portale die Tugenden der Hoffnung, des Glaubens und der Liebe symbolisierten. Der eigenwillige Stil des Architekten, mit seinen auf den ersten Blick unbegreiflichen Inspirationen, zog Romeo und Julia in seinen Bann. Ausufernde Symbolik überflutete die Wahrnehmung der beiden mit Eindrücken, die schwer fassbar und nicht immer auf Anhieb interpretierbar waren. Je länger ihre Augen über die gewaltige Fassade glitten, desto mehr Details entdeckten sie.

Es waren viele Jahre vergangen seit ihrer ersten Begegnung in der alten Zisterne in dieser Stadt am Bosporus. Sie hatten viel Glück im Leben gehabt. Obwohl sie nicht besonders wohlhabend waren, hatte es immer gereicht. Jedes Jahr gönnten sie sich ein Wochenende, um gemeinsam abzutauchen, die Geschichte einer Stadt zu erforschen, sich selbst im Jetzt zu bestimmen und die nächsten Schritte in ihrem Leben zu überdenken.

Ihr wichtigster Halt war stets die Familie, die sich in den letzten Jahren wesentlich vergrößert hatte. Alle fünf Kinder waren mittlerweile verheiratet und schenkten ihnen viele Enkelkinder. Der Zusammenhalt in der Großfamilie war stark und alle verbrachten viel Zeit zusammen. Wann immer sie konnten, waren Romeo und Julia unterwegs in der Natur, mit den Rädern, zu Fuß in den Bergen oder mit ihrem kleinen Segelboot auf einem der nahegelegenen Seen.

Auf diese Weise erhielten sie ihre Gesundheit und abgesehen von Julias Nierenversagen vor zehn Jahren ging es ihnen richtig gut. So standen sie an jenem Tag demütig und dankbar vor dieser wunderbaren Basilika, beide aufrecht, Hand in Hand.

Weil Romeo die Stadt noch von oben sehen wollte, machten sie sich auf den Weg zu dem kleinen Ausflugsberg, nicht weit vom Stadtzentrum entfernt. Beide warteten auf die Tramvia Blau, die historische Straßenbahn, die sie nach oben bringen sollte. Hinter ihnen bot sich ein wunderbarer Blick auf das im Stil des Modernisme erbaute Hotel Metropolitan, genannt La Rotonda, das Romeo fasziniert fotografierte. Obwohl die alte Straßenbahn nur eine Höchstgeschwindigkeit von knapp zehn Stundenkilometern hatte, konnte der Schaffner nicht mehr reagieren. Fast lautlos fuhr die Bahn in die Haltestelle ein, genau in dem Moment, als Romeo beim Fotografieren an der Bahnsteigkante nach hinten kippte und auf die Gleise stürzte. Das rechte Wagenrad vollzog einen exakten Schnitt, ohne dass die Insassen der Bahn das kleinste Rucken spürten.

Entscheide jetzt! Weiter mit ...
Tod (S. 42) *oder*
Weiterleben (S. 45)

Tod

Die schwache Brise stand günstig, sie kam von Nordost und sollte später, nachdem der Anker gelichtet war, ihr kleines Segelboot zurück zum Hafen treiben. Julia hatte lange auf diesen, den richtigen Tag gewartet. Es war eine warme, klare Nacht und die Sterne spiegelten sich funkelnd im dunklen See. Und zwischen all den Sternen, dachte sie, würde er oben erscheinen und einen freien Blick herab zu ihr haben.

*Der Narben lacht, wer Wunden nie gefühlt. *)*

Das kleine Boot dümpelte schon geraume Zeit nicht allzu fern vom Ufer auf und ab. Eben noch, während der Dämmerung, konnte Julia das Kreuz im See vor dem schemenhaften Umriss des Schlosses gut erkennen, das die Stelle bezeichnete, an der König Ludwig II. ertrunken war. Inzwischen hatte die Dunkelheit beides verschlungen.

Im Schein ihrer Stirnlampe las Julia die letzten Seiten des Essays *Le Mythe de Sisyphe* von Albert Camus. Die Idee, die Sinnlosigkeit der eigenen Existenz durch trotziges Akzeptieren ihrer Tragik und durch Pflichterfüllung zu überwinden, beschäftigte sie immerfort seit dem schrecklichen Ereignis vor einem Jahr.

Einen Menschen zu lieben, heißt einwilligen, mit ihm alt zu werden. **)

Hieß dies im Umkehrschluss: Einen geliebten Menschen zu verlieren, verpflichtet dazu, mit ihm

zu gehen? Vergeblich kämpfte Julia gegen die Verwirrung ihrer Gedanken an. Natürlich hatte die ganze Familie versucht sie aufzufangen, auch bei verschiedenen Therapeuten hatte sie Hilfe gesucht und den Rat bekommen, sie müsse zuerst lernen sich selbst zu lieben, um die Trauer zu überwinden. Alles vergeblich.

An diesem Nachmittag riggte Julia das gemeinsame Segelboot zum ersten Mal alleine auf. Sie begnügte sich mit dem kleinen Vorsegel, denn sie hatte keine Eile. Jetzt saß sie bewegungslos im Boot, das Buch lag zugeklappt auf ihrem Schoß, und beobachtete den Zement beim Aushärten.

Sie hatte ihn schon zuhause angerührt und in einem Eimer mit an Bord gebracht. Als sie dann die beiden Füße hineinsteckte, stiegen kleine Luftbläschen auf, es kribbelte an ihren Fußsohlen und es wurde warm. Julia war froh darum, gewöhnlich hatte sie immer kalte Füße.

Langsam zog sie den Anker nach oben und hob ihn behutsam ins Boot. Mit großer Anstrengung setzte sie sich auf die kleine Plattform am Heck des Bootes und hievte ihre im Kübel verankerten Beine über die Bordwand. So saß sie noch einige Minuten da, blickte nach oben zu ihrem Stern, dann gab sie sich einen kleinen Stoß. Julia spürte deutlich, als das Gewicht an ihren Füßen den Grund berührte. Es war ein stiller Tod.

*) William Shakespeare, *Romeo und Julia*
**) Albert Camus, *Der Mythos des Sisyphus*

Weiterleben

Aus den Lautsprechern tönte die *Orchestersuite Nr. 3* von Bach im Wettstreit mit den tosenden Wellen und dem nicht abnehmen wollenden Sturm. Es war, als hätten die Gefährten von Odysseus gerade eben den Lederschlauch geöffnet, in dem alle Winde eingesperrt waren.

Es dämmerte bereits, als Luca endlich das nördlichste wasserumgebene Land der Inselgruppe umrundete. Stundenlang war er gegen den Wind Richtung Norden gekreuzt, um den richtigen Augenblick zu erwischen. Dann plötzlich, wie aus dem Nichts, war es soweit. Oben auf der Spitze des Berges schleuderte eine unsichtbare Kraft aus dem Inneren hohe Fontänen glühenden Magmas weit in den Nachthimmel empor, das dann in dünnen Lavasträngen über den Kraterkegel floss und den Bergrücken wie zerzauste Haarsträhnen schmückte.

Das Schauspiel der Natur hoch oben auf dem Vulkan war ebenso ergreifend wie die Szenerie unten auf dem Segelschiff. Das Tyrrhenische Meer war aufgewühlt und Julia klammerte sich fest an die Reling, während Luca vor dem Wind mit jeder Welle kämpfte. Er hatte tatsächlich sein Versprechen gehalten, das er Julia Tage zuvor in dem kleinen Hafen der Insel gegeben hatte: „Ich führe dich an die Grenze des Hades, dann kannst du noch einmal mit ihm sprechen und auf Wiedersehen

sagen für deine Reise danach. Nimm dir aber ja kein Beispiel an Orpheus, nimm Abschied und lebe!"

Lächelnd unter Tränen *) stimmte sie zu.

Romeos plötzlicher Tod hatte Julia lange gefangen genommen. Wochenlang lief sie zuhause gedankenverloren durch alle Räume, beim letzten angekommen wieder zurück zum ersten, immer wieder die gleichen Runden. Nachdem sie das nicht mehr aushielt, irrte sie in der Stadt umher. Aber auch auf ihrer ziellosen Flucht trug sie die Erinnerungen mit sich. Wie eine Slideshow ohne Stopptaste bewegten sich die Bilder vor ihrem geistigen Auge. Ihr Leben geriet trotz der Unterstützung durch die Familie und trotz professioneller Hilfe beinahe außer Kontrolle, die Todessehnsucht war ihr ständiger Begleiter.

Da erschien plötzlich Luca. Auf einmal stand er vor ihr in der kleinen Kapelle, in der sie schon hunderte von Kerzen angezündet hatte. Luisa war selbst mit ihrem Auto gefahren, um Luca zu holen, als letzte Chance, wie sie ihm anvertraute. Es dauerte Wochen, bis Julia einwilligte. Sie könne ja in jedem Hafen wieder von Bord gehen, versuchte sie sich zu beruhigen. Aber Lucas Vorhaben begeisterte sie und sie war felsenfest davon überzeugt, dass Romeo ihr letzte Nacht zugeflüstert hatte: „Tu es, Julia!"

Luca erfüllte sich mit der Reise einen lang gehegten Traum. Jahrelang hatte er dafür ein eigenes Boot gebaut, mit dem er durchs Mittelmeer segeln wollte, von Ost nach West und wieder zurück zu einer kleinen griechischen Insel. Es sollte eine Reise auf den Spuren des Odysseus sein, Homers Epos immer an Bord, um in seinen Versen Aufschlüsse über Strömungen, Küstenlinien und die Orte der mythischen Erzählungen zu finden. „Wir drehen die Geschichte einfach um", sagte Luca, „diesmal ist Penelope mit an Bord."

Sie segelten zurück zu der Insel, von der sie am Morgen aufgebrochen waren. Die See war immer noch rau bei starkem Wind und das Boot rollte mit jeder Welle von achtern. Doch inmitten des bewegten Meeres fühlte Julia, wie sich eine tiefe Ruhe in ihr ausbreitete. Langsam verblasste das Glühen des Berges in der Dunkelheit und für Julia war es wie ein Abschied von einer wunderbaren Zeit. Sie sah schon das Leuchtfeuer des kleinen Hafens in der Ferne und seit langer Zeit spürte sie wieder die Vorfreude auf das, was die Zukunft für sie bereithielt.

*) Homer, *Ilias*, Sechster Gesang

Schwankende Liebe

Immer wenn sie sich schminkte, konnte er nicht von ihr lassen. Auch liebte er es, wenn sie ohne String ausging, einfach nichts unter ihrem Abendkleid trug. Seit über zwei Jahren hatten sie hemmungslosen Sex, überall, an jedem Ort, zu jeder Zeit.

Julia stand nach vorne gebeugt am Waschbecken, ihr Gesicht ganz nahe am Spiegel, und trug passend zu ihren Smokey Eyes dunklen Lippenstift auf. Romeo stand hinter ihr, betrachtete ihren himmlischen Rücken, den das tief ausgeschnittene Kleid freigab, und drang ganz langsam in sie ein. Es war der Abend nach ihrer Ankunft in der wundervollen, alten Stadt. Beide kamen gleichzeitig und lautlos.

Jetzt standen Romeo und Julia auf der Terrasse, blickten über die Dächer der ewigen Stadt und freuten sich auf das gemeinsame Abendessen. Der Küchenchef trug zahlreiche Auszeichnungen, die höchste, den dritten Michelin-Stern, hatte er vor einigen Jahren in diesem Restaurant erhalten.

Es war ein atemberaubendes Gefühl, von dort oben auf über 2000 Jahre Geschichte zu blicken. Auch Shanghai, Hongkong und Singapur nahmen ihnen oft den Atem, wenn sie diese Städte der Superlative von einem der Hotspots betrachteten. Doch hier war es anders. Die Nacht war sternenklar und roch nach Zitrusfrüchten, die Stadt leuchtete. San Pietro, die Engelsburg, der Tiber, das Pantheon, die Piazza Navona, das Kolosseum, das Marsfeld, alles war zum Greifen nahe. In diesem Moment fühlten sich beide sehr verbunden, doch jeder blieb letztlich für sich.

Romeo hatte den dritten Tisch am Fenster reserviert mit direktem Blick auf die freitragende Kuppel des Doms. Julia trank wie immer ein Glas 1996er Dom Pérignon Rosé. Romeo mochte keinen Champagner, er bestellte in Augenblicken wie diesem einen Pastis von Henri Bardouin, das Wasser und das Eis an der Seite. Er liebte es, selbst zu mischen.

Die nächsten drei Stunden waren ein Fest! Sie begannen mit einem Adlerfisch, mariniert in Yuzu und Zitronengras, es folgten gebackene

Zucchiniblüten mit Kaviar in einer Krustentier-Safran-Consommé, weiter ging es mit kleinen Spaghettini mit Drachenkopf, Tomaten und Paprika, schließlich einer

Variation der Ente auf Topinamburpüree und dann zum Abschluss einer Auswahl feinsten Käses. Dazu tranken sie eine Flasche Pouilly Fumé Silex 2010 aus dem legendären Weingut von Didier Dagueneau und eine Flasche 1999er Chambolle-Musigny.

Julia und Romeo waren in bester Stimmung und es hätte ein perfekter Abend werden können. Julia schwärmte von ihren Einkäufen bei Hermès, Valentino und Gucci. Romeo erzählte überschwänglich seine Eindrücke von Michelangelos einzigartiger Darstellung des *Jüngsten Gerichts* in der Sixtinischen Kapelle.

Jeder sprach im Grunde mit sich selbst über seine eigenen Wünsche und Freuden, der andere war nur Staffage. Aber keiner der beiden störte sich daran, ihr Leben war schön und befreit von der Last finanzieller Sorgen.

Doch dann, ganz am Ende dieses außergewöhnlichen Abends war es eine Kleinigkeit, vielleicht eine Gedankenlosigkeit, die all das Schöne und Vertraute von einer Sekunde auf die andere zerstörte und die Blase aus Glück und Erwartungen zum Platzen brachte.

Sie waren beim letzten Gang angekommen, als Julia langsam und sichtlich genussvoll das Käsemesser quer durch ihren Mund zog, um den letzten Rest des vorzüglichen Epoisses zu genießen. Ihre Augen waren dabei geschlossen.

Die vulgäre Geste hatte für Romeo etwas Martialisches, durchaus Unappetitliches an sich. Der ganze Turm aus Gefühlen, der sich in ihm aufgebaut hatte, fiel mit dieser einzigen Bewegung krachend ineinander zusammen. Er konnte die Engelsgestalt Julias unmöglich mit einem Käsemesser im Mund in Einklang bringen.

Später im Schlaf verfolgten ihn Alpträume, in denen Julia mit der lachenden Fratze des Jokers vor ihm saß.

Entscheide jetzt! Weiter mit ...
Eifersucht (S. 54) *oder*
Seitensprung (S. 90)

Eifersucht

In einer stürmischen Liebesnacht, bei einem wellenartigen, nicht enden wollenden Orgasmus, biss Julia ihrem Romeo derart in den Po, dass sein Bein noch Tage danach bis in die Zehenspitzen taub war. Die Bisswunde war so heftig, dass beide lange hin und her überlegten, ob es nicht doch besser sei, in die Notaufnahme eines Krankenhauses zu fahren.

Doch es war Karfreitag in einer katholisch geprägten Stadt und so entschieden sie sich schließlich, die Blutung selbst zu stillen, um nicht in Erklärungsnot zu geraten. Romeo kniff die Pobacken zusammen und Julia setzte sich, Kräcker essend, auf ihn mit einer Mullbinde als Pressverband zwischen den beiden Hinterteilen. Da sie sich stundenlang kaum bewegen durften, schauten sie zum Zeitvertreib einen ihrer Lieblingsfilme an: *Fight Club* von David Fincher.

Einige Wochen später, nachdem das Hämatom in allen Farben des Regenbogens schillerte und der Schwerkraft folgend bereits am Oberschenkel angelangt war, zeigte sich das Ergebnis von Julias Biss in außergewöhnlicher Schönheit.

Über der einst klaffenden Wunde hatte sich eine Narbe gebildet, die eine verblüffende Ähnlichkeit mit der Zick-Zack-Tätowierung unter dem rechten Auge der Tattookünstlerin Kat Von D hatte. Das Zeichen passte hervorragend zu Romeos sportlich geformtem Hintern.

Julia war stolz auf ihr Werk und nach einiger Zeit konnte sich auch Romeo damit anfreunden.

Fast täglich war Julia in dieser Bar, nur ein paar Schritte vom Hofgarten entfernt. Mit einer eleganten Bewegung schlenzte ein älterer, äußerst attraktiver Mann mit silberweißem, gewelltem Haar einen Untersetzer für das Champagnerglas vor Julia auf den Bartresen. Statt Bierdeckeln, die in diesem Lokal viel zu grob gewirkt hätten, verwendete der Besitzer Untersetzer aus weißem, saugfähigem Papier und wechselte die darauf gedruckten Motive regelmäßig aus. Deshalb bemerkte Julia das neueste Bild nicht sofort, doch dann traf es sie wie ein Blitz, als sie Romeos Hinterteil eindeutig erkannte.

Vor ein paar Monaten erst hatte diese Frau Romeos Biss-Narbe entdeckt, als sie beide im Saunabereich ihres Lieblings-Wellnesshotels entspannten. Die „dumme Kuh", wie Julia sie nannte, entpuppte sich später an der Hotelbar als Werbefotografin, die nicht eher locker ließ, bis sie Romeo zu Fotoaufnahmen als „Model mit Biss" überredet hatte. Seitdem war Romeo in der knappen Freizeit, die ihm neben den aufreibenden Aufgaben in seinem eigenen Unternehmen blieb, ständig mit ihr unterwegs, um an den schönsten Plätzen der Welt seinen berühmten Hintern ablichten zu lassen.

An jeder Litfaßsäule, in jedem Modejournal und jetzt sogar auf dem Untersetzer ihrer Lieblingsbar war Romeos Hinterteil mit ihrem Biss zu sehen. Julia hielt es fast nicht mehr aus, es war wie Spießrutenlaufen. Die scheinheiligen, boshaften und verlogenen Bemerkungen ihrer Freundinnen wurden von Tag zu Tag unerträglicher.

Immer öfter quälte sie schmerzende Eifersucht auf diese blonde Fotografin, die Romeo dazu brachte, sich mehr und mehr von ihr abzuwenden. In Julia machte sich ein bisher nicht gekanntes Gefühl breit. War es Verlustangst, war es Existenzangst? Vielleicht war es auch nur die irrationale Vorstellung, vor aller Öffentlichkeit betrogen zu werden.

Entscheide jetzt! Weiter mit ...
Hass (S. 58) *oder*
Depression (S. 77)

Hass

Julia ging es immer schlechter. Seit Romeo als Model weltweit Erfolge feierte, quälte sie eine unbestimmte Eifersucht. Hinterging er sie oder nicht? Hörte Julia jedoch tief in sich hinein, so war ein möglicher Seitensprung Romeos gar nicht ihre größte Sorge. Ihre hässliche Antipathie gegen Romeo entsprang vielmehr einem unappetitlichen Gefühls-Cocktail aus verletzter Eitelkeit, Neid und der Angst vor Gesichtsverlust.

Ständig wechselten ihre Gefühle zwischen einer Art Liebe oder zumindest Zuneigung zu Romeo und, nur einen Augenblick später, bitterer Abneigung und Verachtung. Julias Seelenzustand verschlechterte sich dramatisch. Seit Wochen ging sie nicht mehr aus dem Haus. Die Angestellten, vom Hausmädchen bis zum Gärtner, schienen permanent hinter ihrem Rücken zu tuscheln. Bald war sie felsenfest davon überzeugt, dass alle etwas wussten, was sie nur ahnte.

Im Internet wurde Julia schließlich fündig: Die Agentur versprach eine 24-Stunden-Überwachung mit einem weltweiten Netz von

Spezialisten, die dank modernster Technik Beweise liefern konnten. Das Unternehmen gab sogar eine Erfolgsgarantie für das vorher festgelegte Wunschergebnis. Sollte Romeo während der einwöchigen Observation tatsächlich ohne Fehltritt durchs Leben gehen, war auch eine proaktive Methode buchbar, natürlich gegen einen beträchtlichen Aufpreis. In solchen Fällen legte die Agentur „attraktive Köder" aus, um den Ehemann einem „Härtetest" zu unterziehen. Dafür gab es ausführliche Fragebogen auf der Webseite der Firma, damit der „Köder" möglichst genau dem Idealbild des Zielobjekts entsprach.

Alles in allem war diese Dienstleistung genau das, was Julia suchte, um ihren immer brennenderen Hass auf Romeo im Zaum zu halten. Das einzige Problem war der Preis. Die Agentur war ausgesprochen teuer und das Angebot belief sich schon ohne die Kosten für den Verführungstest auf eine hohe fünfstellige Summe. Doch Julias Herz war so hasserfüllt, dass sie Romeo die volle Schuld für ihre Situation gab und ihn für seine eigene Überwachung bezahlen lassen wollte. Da ihr Romeo stets freigiebig die Daten seiner Kredit- und Bankkarten überlassen hatte, überwies

Julia ohne zu zögern eine 80-prozentige
Abschlagszahlung und die Agentur begann ihr
Werk.

Jeden Abend um sechs Uhr tigerte Julia durch
die Räume ihres gemeinsamen Hauses in fast

hysterischer Erwartung des täglichen Berichts
der Projektleiterin. Es war schon der vierte
Tag und nichts war passiert! Romeo war zwar

ständig bei Fotoshootings und am Abend der Star bei all dem hippen Partyvolk, er ging aber jedes Mal artig alleine ins Bett und die einzigen Telefonate führte er mit seiner Firma und mit seiner Ehefrau. Julia schäumte vor Wut. „Verdammt, mache ich mich hier denn komplett zum Affen?", haderte sie mit sich selbst. Sie hielt es nicht mehr aus, wieder eine Niederlage einzustecken. War alles, was sie in der letzten Zeit von Liebe zu Eifersucht und dann zu Hass getragen hatte, ein Hirngespinst? Dies wollte sie sich weder eingestehen, noch konnte sie es akzeptieren.

Es kam so, wie es kommen sollte. Eine exotische Schönheit mit schokoladenbrauner Haut, schlank wie eine Gazelle, betrat tags darauf den Fitnessraum des Hotels scheinbar zufällig genau zu der Zeit, als Romeo sein Morgentraining absolvierte.

Entscheide jetzt! Weiter mit ...
Neue Liebe (S. 62) *oder*
Gewalt (S. 69)

Neue Liebe

Julia lebte alleine, schon vor längerer Zeit hatte sie sich von Romeo getrennt. Obwohl Romeo andauernd beteuerte, sie zu lieben und niemals betrogen zu haben, glaubte ihm Julia nicht. Ihr Stolz war so gekränkt, dass sie endgültig Schluss machte, sie wollte nicht mehr. Zu ihrer Entscheidung trugen nicht nur die Meinungen ihrer Schwester und vor allem ihrer Mutter bei, auch falsche Freunde, meist an ihr interessierte Männer, gaben Julia in allem recht.

Nach der selbst gewählten Freiheit und der rasch vollzogenen Scheidung ging Julia auf Streifzüge. Fast täglich verbrachte sie vorgeglüht und aufgestylt die Nächte in den Clubs der Stadt. Doch nach einem Jahr musste sie schließlich erkennen, dass die Männer, die Nacht für Nacht auf der Suche nach dem großen Glück waren, tagsüber im wahren Leben versagten. Daraufhin meldete sich Julia bei einer Reihe von Internet-Diensten an. Diese versprachen ihr, in kurzer Zeit den idealen Partner fürs Leben zu finden. In dieser Phase veränderten sich die Lebensgewohnheiten von Julia drastisch. Ihre Freundinnen reagierten erstaunt, sie gar nicht mehr auf der Piste zu finden, und drohten damit, Vermisstenanzeigen aufzugeben.

Julia lebte jedoch schon in einer ganz anderen Welt. Die Sucht, über diese Kontaktbörsen den neuen Lebensgefährten zu finden, raubte ihr alle Zeit. Ständig war sie damit beschäftigt, die vielen Angebote zu beantworten. Schwierig war für sie, die Ernsthaf-

tigkeit der Offerten zu beurteilen. Sie fing bald an, Kategorien zu bilden und die Unbekannten mit ihren Pseudonymen einzuteilen in „Perverse", „Sexsüchtige", „One-Night-Stands", „Frustrierte", „Poser", „Angsthasen" und „aufrichtig Suchende". Lange Zeit fand sie niemanden, der in die letzte Kategorie gepasst hätte.

Doch eines Tages schieb ihr jemand namens Don_Juan_111. Die Zahl am Ende seiner Online-Identität ließ zwar darauf schließen, dass sich im Netz viele andere Männer mit dem gleichen Pseudonym tummelten, aber was dieser Don_Juan_111 schrieb, bewegte Julia tief. Seine Sätze waren außergewöhnlich formuliert und zudem fehlerfrei, was ihn vom größten Teil der übrigen Kandidaten unterschied. Noch bemerkenswerter als sein Schreibstil waren die Themen, über die er sprach.

Er wechselte gekonnt von Erzählungen über sich selbst zu seinen Phantasien, die ihn in Bewegung hielten. Er schrieb vom maßlosen Schwelgen im Lebensgenuss, das in die Irre führen könne, von Egoismus, Verwerflichkeit und Vergänglichkeit, denen nur mit Reflexion und Erkenntnis zu begegnen sei.

Julia hatte den Eindruck, dass er von Dingen sprach, die er selbst erlebte hatte und auch von Wünschen, die noch unerfüllt vor ihm lagen. Er schrieb und Julia antwortete zum ersten Mal ihren wahren Gefühlen folgend, ohne Manipulation und Hintergedanken.

Jede Nachricht von Don_Juan_111 berührte Julia und ihr Herz begann von einer Sekunde auf die andere aufgeregt zu klopfen. Sie verstand nicht, wie anonyme Zeilen eines unbekannten Menschen sie so aufwühlen konnten. „Sind es seine wohlgewählten Worte, seine bewegenden Sätze, die mich nicht einschlafen lassen, oder ist es meine eigene Phantasie, endlich einem neuen Glück ein wenig näher zu sein?", fragte sie sich beinahe jeden Abend.

Über ein halbes Jahr schrieben sich Julia und Don_Juan_111 faszinierende Briefe, doch keiner hatte den Mut, ein Treffen zu vereinbaren. Beide warteten sehnsüchtig darauf, dass der andere den ersten Schritt macht. In ihren Sätzen tänzelten sie kokettierend um die Frage herum, wie es wohl sei, aus der virtuellen in die reale Welt aufzutauchen. Aber Tag um Tag verschoben sie die Antwort, während sich beide vor dem Einschlafen wünschten, am nächsten Morgen eine weitere Nachricht in ihrem Postfach zu finden.

Als Julia es vor Neugier nicht mehr aushielt und sich auch selbst nicht mehr länger verstecken wollte, nahm sie sich ein Herz und

schrieb: „Wir müssen uns treffen, Don Juan!" Bewusst vermied sie das Attribut „111". Don Juan antwortete sogleich mit nur einem Satz: „Julia, es ist nicht nur die Liebe, die die Welt im Innersten zusammenhält *), es ist auch die Hoffnung, die uns am Leben hält." Und somit verabredeten sie sich für ihr langersehntes erstes Treffen.

Don Juan hatte für Julia ein Flugticket am Iberia-Schalter hinterlegt, zusammen mit einem Brief. Er habe vor Jahren mit seinem alten Leben Schluss gemacht, schrieb er, und sei weit weggezogen. Er nannte ihr die Adresse seines Lieblingslokals, dort werde er am Abend mit einer roten Rose auf sie warten.

Julia saß mit vor Aufregung kalten Händen im Flugzeug und überdachte zum wiederholten Mal die Situation, in die sie sich soeben brachte. Noch war Zeit, sie konnte mit dem nächsten Flugzeug wieder zurück nach Hause fliegen. Doch ihr sehnsüchtiges Herz ließ das nicht zu.

Fast hätte sie sich verlaufen im Labyrinth der engen Gassen des malerischen Stadtviertels Santa Cruz, bevor sie endlich vor der Bodega stand. Raues, lautes Stimmengemisch drang durch die offene Tür nach draußen. Julia war kurz davor zu fliehen, doch sie nahm all ihren Mut zusammen und drängte sich in die enge Tapas-Bar, vorbei an überfüllten Tischen und eifrigen Kellnerinnen, um verzweifelt nach einem Mann mit Rose zu suchen. An der Bar angekommen, die Menschen standen dort in zwei Reihen hintereinander, erspähte Julia eine kleine rote Rose auf der Theke. Der dazugehörige Mann saß mit dem Rücken zu ihr auf einem Barhocker und unterhielt sich angeregt mit dem Barmann. Julia zwängte sich zwischen zwei gestikulierenden Männern hindurch und tippte dem Unbekannten auf die Schulter. Don Juan erhob sich und als er sich umdrehte, erstarrten beide. Vor Julia stand Romeo.

*) nach Johann Wolfgang von Goethe, *Faust I*

Gewalt

Was war Wahrheit, was Lüge? Was war falsch, was richtig? Vor der Wirklichkeit verbarg sich Julia hinter der Maske ihrer Ichbezogenheit. Die Welt hatte gefälligst so zu sein, wie sie es sich wünschte. Darauf glaubte sie ein Recht zu haben, nachdem sie sich ihr ganzes Leben lang als Opfer gesehen hatte. Schon in ihrer Kindheit fühlte sie sich nicht geliebt und lief vor sich selbst davon. Auch als Jugendliche suchte sie die Verantwortung für ihren Lebensweg immer bei ihrem Umfeld. Trotzdem gab sie in Beziehungen viel, doch nicht wirklich aus Liebe, sondern mehr in der Absicht, ihre eigenen Ziele zu erreichen. Aber diese Ziele waren verschwommen und weder für Romeo noch für sie selbst greifbar. So schmiegte sie sich an beinahe jeden, dem sie in ihrem Leben begegnete. Die Meinungen der anderen formten ihre Argumente, auch wenn sie oft widersprüchlich waren. Sie passte sich den Menschen an, denen sie auf ihrem Schlingerkurs folgte, um zu gefallen, mit ihrem Aussehen und ihrem Denken.

Wie konnte es sein, dass selbst diese äußerst attraktive dunkelhäutige Frau daran scheiterte, Romeo zu verführen? Julia war überzeugt davon, dass er von der Observation Wind bekommen hatte und daher den braven, treuen Ehemann mimte. Sie musste so schnell wie möglich der mysteriösen Affäre auf den Grund gehen, denn sie konnte sich nicht irren!

Die junge Frau, sie hieß Ambra, war zur Hälfte Afrikanerin. Ihre Mutter musste die letzten Meter nach Lampedusa schwimmen, nachdem das überfüllte Flüchtlingsboot in den Brandungswellen gekentert war. Ein junger Italiener, der gerade seinen Zivildienst auf der Insel absolvierte, zog sie aus dem Wasser. Später heirateten die beiden und lebten in Kampanien, wo Ambra beschützt von vier Brüdern in einer von der Camorra dominierten Großstadt aufwuchs.

Julia traf Ambra in einem bezaubernden Ort an der ligurischen Küste zwischen Genua und den Cinque Terre. Sie saßen in der Morgensonne auf der Hotelterrasse und tranken Cappuccino, die wunderschöne Aussicht auf den darunter liegenden Hafen würdigte Julia kaum eines Blickes. „Warum hast Du ihn nicht ins Bett gebracht?", war ihre erste Frage nach der flüchtigen Begrüßung.

Ambra berichtete von ihren Treffen mit Romeo, wie sie bald zu seinen Shootings eingeladen wurde und auch auf die Partys danach mitgehen durfte. Sie war aber nur eine von vielen, die Interesse an Romeo anmeldeten, und so war es nicht einfach, Julias Auftrag in die Tat umzusetzen.

Außerdem blieb Romeo abgesehen von unbedeutenden Flirts mit der einen oder anderen Schönheit immer standhaft. Die Veranstaltungen verließ er stets alleine und auch die heimlich installierte Videoüberwachung in seinem

Hotelzimmer bestätigte nur seine Treue. Julia wollte in diesem Moment die ganze Geschichte schon ad acta legen, doch wie so oft im Leben kam alles anders.

Nachdem der geschäftliche Teil des Treffens vorüber war, wurde Ambra lockerer und erzählte von ihrem großen Bruder Carlos, der auf einer kleinen Insel, nicht weit vor der Küste, in einem Weingut arbeitete und es dort sogar zum Kellermeister gebracht hatte. Einmal im Monat gab es auf der Insel ein Essen mit Weinverkostung. Für Ambras Bruder war es das letzte Fest dieser Art, bevor er die Insel in wenigen Wochen verlassen durfte.

Carlos hatte vor einigen Jahren den ersten Freund von Ambra brutal erstochen, als dieser, wie er fand, seiner Schwester zu nahe gekommen war. Nach einer kurzen Verhandlung saß er auf dieser kleinen Gefängnisinsel ein und wurde für das Resozialisierungsprogramm ausgewählt.

Die Gefängnisleitung arbeitete mit einem renommierten Weinproduzenten zusammen und betrieb dort einen Weinberg. Unter der Anleitung erfahrener Winzer produzierten die Häftlinge einen ganz passablen Tropfen. Als Julia die Geschichte hörte, war sie spontan begeistert und so machten sich die beiden Frauen am nächsten Morgen auf, um das Boot mit den geladenen Gästen zur Insel rechtzeitig zu erreichen.

Carlos hatte sich richtig rausgeputzt für sein Abschiedsfest auf der Insel. Um seinen Hals hing an einer Gliederkette der eigens für die Anstalt entworfene Spucknapf als Auszeichnung für die hohe Kunst der Weinherstellung, der mit zwei kleinen silbernen Handschellen dekoriert war als Hinweis auf die Ausbildung an diesem speziellen Ort. Nachdem die Sträflinge die Besuchergruppe vom Festland empfangen und durch den kulinarischen Abend begleitet hatten, saß Carlos jetzt am Tisch bei seiner Schwester und Julia. Sie unterhielten sich angeregt über das Leben in Haft und das Weinbauprogramm, das allen Teilnehmern eine neue Perspektive bot.

Von der ersten Sekunde an war Julia fasziniert von Carlos. Ihr gefiel nicht nur seine stattliche Erscheinung, auch die Art und Weise, wie er erzählte und gleichzeitig zuhören konnte, zog sie an. Sie konnte es sich nicht vorstellen, dass dieser sympathische Mann zu einer so grausamen Tat fähig gewesen war. Ruhte sein kriminelles Potenzial nur, oder hatten die Zeit und die sinnvolle Arbeit auf der Gefängnisinsel wirklich einen anderen Menschen aus ihm gemacht? Konnte man den Charakter dauerhaft verändern, oder lernten die Menschen hier, ihre Abgründe bewusst wahrzunehmen und zu kontrollieren?

Später erzählte auch Julia von ihrer unglücklichen Kindheit und von ihrem Leben mit Romeo, der sie tief verletzt und an den Rand des Wahnsinns getrieben habe. Carlos klebte an ihren Lippen und ein Blinder hätte bemerken können, wie brennend sein Interesse an Julia war. Es war der Abend, an dem Julia und Carlos füreinander entflammten. Bevor die beiden Frauen wieder mit dem Boot zurück ans Festland fuhren, schenkte ihnen Carlos zum Abschied eine Flasche seines selbst produzierten Weines.

Bald darauf stand Julia wieder in dem kleinen Hafen und erwartete Carlos, den das Boot von der Gefängnisinsel in die Freiheit brachte. Julia hatte ein Hotelzimmer gebucht, das sie sofort nach Carlos' Ankunft aufsuchten. Dort erlebten sie ihre erste stürmische Liebesnacht. Bis zum frühen Morgen lag Julia in Carlos' starken Armen und sprach immer wieder von ihrer Traurigkeit wegen des verhassten Romeo, der ihr Leben zerstört habe. Aber jetzt sei sie endlich angekommen, sagte sie zu Carlos, und sie sei glücklich darüber. Sie hatten bereits Pläne für die Zukunft geschmiedet und wollten zusammen einen Weinberg in Kampanien betreiben. Er sollte den Wein machen, sie den Verkauf übernehmen. Sogar das Etikett der Weinflaschen hatte Julia schon vor Augen.

Er wolle nur noch eine Sache erledigen, sagte Carlos, und in seinen Augen konnte Julia die eiskalte Entschlossenheit aufblitzen sehen. In diesem Moment flackerte in Carlos der alte Instinkt wieder auf, beschützen zu müssen. Sein früheres Muster war immer noch gültig.

Die Mordkommission untersuchte Tage danach eine Leiche, die mit 1,5 Millimeter dickem Draht erdrosselt worden war, den man gewöhnlich zur Kultivierung von Rebstöcken verwendet. Die Leiche lag auf dem Bauch und die Hände waren nach hinten auf den Rücken gefesselt. Die Schlinge um den Kopf war mit den Fußgelenken verbunden, die Beine waren angewinkelt. Der Mann hatte vergeblich gegen den Tod angekämpft, indem er so lange wie möglich ein Hohlkreuz machte und die Beine nach oben drückte. Doch als seine Muskeln zu zittern begannen und er die Beine nicht mehr halten konnte, hatte er sich langsam qualvoll selbst erdrosselt. Eine altbewährte Methode des organisierten Verbrechens im Süden Europas. Die Polizei stand vor einem Rätsel.

Depression

Die Gedankengänge, die Julia immer wieder zwanghaft wiederholte, waren sinnlos, doch sie konnte es nicht vermeiden. Romeo war nicht mehr da, sie selbst hatte ihn verstoßen. Sie wollte das nicht und doch musste sie es tun. Sie vertraute ihm nicht mehr, wusste zugleich aber nicht, warum. Es gab keinen konkreten Anlass, sie war von bösen Gefühlen geleitet. Auf ihren Verdacht folgte Verzweiflung, aus einer anhaltenden Traurigkeit erwuchs Angst, aus Angst wurde Einsamkeit.

Jeden Morgen erwachte Julia in sich gebrochen, Vernunft und Gefühle befanden sich im Widerstreit. Bis spät abends lag sie nur da, gequält von wirren Gedanken, und oft fand sie die ganze Nacht keinen Schlaf. Sie war erschöpft und sah keinen Sinn mehr darin, sich durch dunkle Tage zu kämpfen. Hässliche Gedanken fraßen wie Piranhas alle Freude auf, kein Glück wollte mehr entstehen. Sie war wieder alleine, doch nach der Beziehung mit Romeo war das Alleinsein für sie unerträglich.

Julia wollte sich selbst entfliehen und reiste wie jedes Jahr an Sylvester in das Hotel, in dem sie früher immer mit Romeo gewesen war. Den ganzen Nachmittag saß sie auf der Terrasse und starrte über den gefrorenen See auf die andere Seite des Tales zum Piz Rosatsch, schließlich ging sie in ihr Zimmer.

An der Wand zeichneten sich Figuren ab, die sich langsam bewegten. Ab und zu verschmolzen sie, um sich einen Augenblick später wieder voneinander zu lösen. Das Ticken der Uhr auf der antiken Kommode neben dem Bett war dumpf in der finsteren und lautlosen Einsamkeit des Zimmers zu hören.

Tick, tick, tick, tick ... Die dunklen Gestalten an der Wand bewegten sich ruckartig im Sekundentakt. Durch die alte Holztür drangen lauter werdende Stimmen einer lustigen Gesellschaft. An der unteren Ritze der Tür, durch die ein dünner Streifen Licht in das Zimmer fiel, waren Schatten zu erkennen. Sie waren zu viert, die Stimmen wurden leiser, verebbten und verstummten abrupt, als sich die Aufzugstür schloss.

Tick, tick, tick, tick ... Die Schatten erschienen wieder an der Wand und kämpften mit einem Einhorn, das plötzlich verschwand. War es schon morgen oder noch gestern? Das fahle Mondlicht umsäumte Eiskristalle auf den von Sprossen geteilten Fenstern. Sie wirkten wie vom Himmel gefallene Sterne, die nicht ins Zimmer gleiten konnten, weil die Scheiben sie daran hinderten.

Tick, tick, tick, tick ... Wieder Stimmengewirr, ein Schuh wurde gesucht, Gekicher, ein Glas zerbrach, später Stille. Über der Kommode galoppierte ein einsamer Reiter, das Mädchen am Fuße der Tischlampe saß traurig da und weinte. Es war kalt unter der warmen Decke. Die Aufzugstür öffnete sich wieder, das Klacken von Absätzen, ein Schatten huschte vorbei, eine Tür knallte, Stille.

Dumpfe Böller drangen wie durch Watte in ihr Ohr, die Sterne am Fenster waren jetzt bunt, blinkten in allen Farben und verdrängten die dunklen Gestalten an der Wand. Hell, dunkel, hell, dunkel. Später hörte sie wieder das Ticken, nur weiter weg und stiller. *An der Schwelle der Ewigkeit. *)*

Die Aufzugstür ging, Stimmen sprachen durcheinander, Schatten kamen und glitten schnell vorbei. War es schon Zeit zum Aufstehen? Sollte ein neues Jahr beginnen? Nein, alles war noch dunkel, die Schatten kamen zurück. Endlich, ihre Lider wurden schwer, der Tag kam, Julia schlief.

*) Titel eines Gemäldes von Vincent van Gogh, 1890

Entscheide jetzt! Weiter mit ...
Eigene Liebe (S. 81) *oder*
Zurückgezogene Liebe (S. 85)

Eigene Liebe

Die große Fensterrose über den drei Portalen raubte ihr den Atem. Die gotische Kathedrale erinnerte sie von allen Kirchen, die sie auf ihrem bisherigen Weg gesehen hatte, am meisten an die französischen Prachtbauten. Julia saß auf dem Vorplatz eines Cafés an einem runden Tisch und hatte ein Glas wohlverdienten Vino Blanco vor sich. Ihr Tagespensum hatte sie geschafft und morgen war Ruhetag. Heute wollte sie jedenfalls keinen Schritt mehr tun und erst am nächsten Morgen nach dem Frühstück die Stadt erkunden.

Der Platz war fast menschenleer zu dieser Zeit. Julia hatte die Schuhe und Strümpfe ausgezogen und sich einen zweiten Stuhl an ihren Tisch gerückt. Konzentriert begann sie damit, ihre schmerzenden Füße zu behandeln. Mit einer kleinen Nadel öffnete sie die prall gefüllten Blasen und versorgte jede einzelne mit einem Pflaster. Anschließend verklebte sie ihre Füße rechts und links entlang der Seiten sowie an den Fersen mit weißem Tapeverband. Sie achtete penibel darauf, dass die Strümpfe keinerlei Falten warfen und schlüpfte vorsichtig zurück in ihre Schuhe. Die hatte der Verkäufer vor einigen

Wochen mit dem Argument angepriesen, dass sie darin beim langen Laufen bestimmt keine Blasen bekommen werde. Falsch! Schon nach einer Woche Fußmarsch hatte es begonnen, ganz plötzlich während des Gehens blähten sich diese Teufelsdinger auf und schmerzten schrecklich. Es dauerte eine Weile, bis Julia in einer der Apotheken entlang ihres Weges das richtige Pflaster fand, das nicht zu dick aber trotzdem robust genug war und sich nicht nach den ersten Metern wieder ablöste. Inzwischen war sie eine Meisterin der Versorgung von Blasen und bot ihre Hilfe gerne auch fußlahmen Leidensgenossen an, die sie unterwegs traf.

Während ihrer tiefen Depression war Julia ein Buch in die Hände gefallen, worin der Weg, den sie sich jetzt vorgenommen hatte, so kraftvoll und anschaulich beschrieben war, dass sie sich schließlich entschloss, diesen letzten Strohhalm zu ergreifen. Sie wollte alles versuchen, sich selbst wiederzufinden. Zu lange war sie am Abgrund getänzelt, jetzt wollte sie zurück ins helle Leben.

Ihr Flug zum Ausgangsort ihrer Reise führte direkt in den Sommer. Allein das Lachen der Sonne schien ihre Seele aufzuhellen. Mit viel zu viel Gepäck auf ihren Schultern wanderte sie los und schon nach zwei Tagen schickte sie von einem kleinen Postamt aus die Hälfte ihrer Sachen zurück. Julia begann ihren Weg nicht in Frankreich, sondern in Spanien. Sie wollte nicht gleich am Anfang über die hohen Berge gehen und wählte als Startpunkt daher die für ihre jährlichen Stierläufe weltberühmte mittelalterliche Stadt. Es dauerte einen geschlagenen Nachmittag, bis Julia das kleine Büro fand, in dem sie ihren Credencial, den Pilgerausweis, bekam. Sie musste den Grund ihrer Reise angeben und erklären, wie sie die Strecke bewältigen wolle, zu Fuß, auf dem Pferd oder auf dem Rad. Julia kreuzte an: für mich, zu Fuß.

Schnell bemerkt sie, dass unter den Pilgern viele Frauen waren mit ähnlichen Motiven wie ihren. Doch schon bald waren ihr all die Gleichgesinnten zu viel und so änderte sie ihren Tagesablauf. Sie übernachtete nicht mehr in den typischen Pilger-Unterkünften und begann den Tag später. Endlich war sie alleine und nur bei sich. Um ihre Gedanken zu ordnen und alles aufzuschreiben, das vermeintlich Richtige und das vermeintlich Falsche in ihrem bisherigen Leben, führte sie ein Tagebuch. Das Motto, das sie oben auf das erste weiße Blatt schrieb, war ein Aphorismus von Goethe: „Nur wo du zu Fuß warst, bist du auch wirklich gewesen." Und mit jeder geschriebenen Seite fühlte sie sich ein wenig leichter.

Jetzt blickte Julia noch einmal auf die wunderbare Kathedrale, zwei Tauben stiegen auf, umkreisten sich in der Luft und landeten hoch oben auf der Spitze des linken Eckturmes. Julia folgte ihrem Flug mit den Augen, dann stand sie auf und betrat die Kirche durch das mächtige Portal. Sie wollte noch zwei Kerzen entzünden, eine für sich und eine für Romeo.

Zurückgezogene Liebe

Bienen schwirrten um Julias Kopf, als sie behutsam den Stock öffnete und die Waben herausnahm. Sie war gut geschützt und so konnte ihr nichts passieren. Die Bienenstöcke hatte sie weit oberhalb ihres alten Bauernhauses inmitten der Macchia aufgestellt, die jetzt im späten Frühling in allen Farben blühte. Die vielen kleinen Häuschen, die Julia selbst im Stil ihrer Heimat angemalt hatte, standen an einem Berghang. Der Weg nach unten war beschwerlich.

Ein Hirte mit grimmigem Blick und tiefen Furchen in seinem sonnengegerbten Gesicht hatte Julia dabei geholfen, die Bienenhäuschen aufzustellen. Ganz im Gegensatz zu seinem Aussehen hatte er ein butterweiches Herz und trug unermüdlich das Holz nach oben. Gemeinsam zimmerten sie lachend und gestikulierend die Behausungen für Julias Bienenvölker zusammen.

Anfangs konnten sie sich dabei nur mit Händen und Füßen verständigen, da die Sprache des Hirten eine unverständliche Mischung aus Italienisch und Französisch war.

Die Bewohner der Insel waren ausgesprochen stolz auf ihr Land und ihre lange verteidigte Freiheit. Oft kamen die Menschen in den kleinen Gasthöfen der Dörfer zusammen, um spontan zu feiern und ihre traditionellen Paghjellas zu singen.

Langsam stieg Julia den kleinen Pfad nach unten, immer darauf achtend, dass sie sich nicht im dornenreichen Gestrüpp der durcheinander wuchernden Sträucher und Wildrosen verfing. Sie liebte den intensiven Geruch von Ginster, Rosmarin, Thymian, Lavendel und Salbei. Alles wuchs üppig und in großer Vielfalt. Für Julia war es eine Freude, die Kräuter hier oben zu sammeln und zuhause weiterzuverarbeiten.

Unten am Holzzaun sprangen ihr die Ziegen entgegen. In der vergangenen Woche war endlich der Nachwuchs gekommen und Julia benötigte dringend den Überschuss der Milch, den die Zicklein übrig ließen. Sie hatte sich in den letzten Jahren zu einer bemerkenswerten Käserin entwickelt. Ihr Brocciu, den sie mit großer Hingabe herstellte, fand überall aufrichtige Anerkennung. Unter den Bauern der Gegend war sie die einzige, die nicht hier aufgewachsen war. Erst vor einigen Jahren hatte sie das alte, renovierungsbedürftige Haus gekauft und das schwierige Handwerk

der Käseherstellung mit stoischer Ruhe und ausdauerndem Eifer erlernt.

Ihr Zuhause war derzeit noch eine halbe Baustelle, doch das störte sie nicht. Zwei Zimmer waren fertig. In dem einen stand ein Bett, im anderen ein großer Ofen. Hier kochte, lebte und arbeitete sie. In den windschiefen Holz-regalen, die die Fenster säumten, lagerten all die Produkte aus Julias eigener Herstellung: Töpfchen mit Honig, pur oder mit verschie-denen Nüssen gemischt, Marmeladen aus den Früchten des Gartens, aromatisierte Öle, und natürlich ihr Brocciu in allen Reifestufen. Julia aß den Käse am liebsten ganz frisch, nachdem er abgetropft hatte, gesüßt mit ihrem eigenen Thymian-Honig. Sie konnte ihn löffelweise verschlingen.

Julia lebte zurückgezogen und vermied es, selbst auf den Markt zu gehen, um ihre Produk-te dort zu verkaufen. Sie wollte ganz für sich sein. Während der langen Zeit ihrer Depressi-on hatte sie zufällig einen Artikel über diese ge-birgige Mittelmeerinsel gelesen, der sie damals aus ihren zerstörerischen Gedanken riss. Allei-ne und ohne materiellen Ballast wieder zu sich selbst zu finden, wurde ihr einziges Ziel.

Sie verkaufte den größten Teil ihres Besitzes, den Rest ließ sie zurück und kam mit nichts als einem kleinen Koffer mit der Fähre auf der Insel an. Die ersehnte Stille fand sie in diesem Haus, das nie-mand haben wollte, in einem wilden Tal am Fluss.

Der Hirte, der Julia ein Freund geworden war, kam einmal pro Woche zu ihr nach oben und brachte herauf, was sie benötigte. Umgekehrt gab sie ihm die Dinge mit, die sie während der Woche produziert hatte und die er auf dem Markt verkaufte. Sie konnte gut davon leben und zum ersten Mal, seit sie sich erinnerte, fühlte sie sich wirklich frei. Manchmal wunderte sich Julia darüber, wie wenig für dieses Glück notwendig war.

Seitensprung

Die Hotelbar war ein sehr bekannter Ort in dieser Stadt. Sie hatte durchaus ihren eigenen Charme und erinnerte an eine typisch amerikanische Stehkneipe der Prohibitionszeit, auch wenn sie nicht vergleichbar war mit dem berühmten Original in der Pariser Rue Daunou.

Etwa in der Mitte des langen Tresens saß Romeo an der Bar mit dem Rücken zu dem schwarzen Flügel, der hinter ihm auf einem kleinen Podest stand. Der Pianist war sehr beliebt und er war sich dessen sichtlich bewusst. Die Bar bebte, kein Platz war mehr zu ergattern und die Gäste drängten sich um den Pianisten. Seine raue, sanfte Stimme hatte das gewisse Etwas, das Frauen zum Träumen bringt. Wie immer war das Publikum sehr gemischt. Die verklemmten Wirtschaftsprüfer aus der Kanzlei gegenüber in ihren schlecht sitzenden Businessanzügen, die noch immer nicht den Weg nach Hause gefunden hatten, standen neben den Szenegästen, die hier zum nächsten Club umstiegen. Touristen und Neugierige, die aufgrund der Empfehlungen in Reiseführern in die Bar gekommen waren, trafen auf Callgirls, die zu später Stunde dem

Bartender halfen, die Übriggebliebenen nach draußen zu bringen.

Romeo bekam von diesem Treiben nichts mit, er war in Gedanken noch immer bei den komplizierten Vertragsverhandlungen mit der russischen Delegation, die wegen seiner Geschäftsidee in die seit der Grenzöffnung immer unübersichtlichere Hauptstadt gekommen war. Eine Unterschrift war nur mit schmerzhaften Kompromissen zu erreichen. Er sollte eine Tochtergesellschaft gründen und sogar akzeptieren, dass ein regierungsnaher Freund des russischen Auftraggebers zum Geschäftsführer ernannt wird. Romeo musste sich am nächsten Tag entscheiden. Das Für und Wider dieser Partnerschaft kreiste unaufhörlich in seinem Kopf. Er bekam die Chance, in einem neuen interessanten Markt Fuß zu fassen, gleichzeitig ging er das Risiko ein, die von ihm immer verteidigte Eigenständigkeit seines Unternehmens aufzugeben.

Es war ein langer, harter Tag, den Romeo im Stimmengewirr der tanzenden Menge ausklingen ließ. Auf dem Display seines Smartphones standen 13 verpasste Anrufe. Statt zurückzurufen, bestellte er sich den vierten Gin

Tonic und wählte Julias Nummer. Er musste sie dringend sprechen, wollte ihre Stimme hören und ihren Rat erfahren, aber wieder erreichte er nur die Mailbox. Wie so oft waren beide unterwegs in ihren eigenen Welten.

Er starrte eine kleine Ewigkeit vor sich hin und zählte abwesend die indirekt beleuchteten Flächen hinter der Bar. So bemerkte er die beiden blonden Frauen zunächst nicht, die links und rechts neben ihm an seinen Barhocker drängten. Sie sei zum ersten Mal zu Besuch in der Stadt und ganz aufgeregt, begann die erste das Gespräch. Soweit Romeo verstehen konnte, waren die beiden Cousinen.

Die eine kam aus der Provinz, war verheiratet mit ihrer Jugendliebe und hatte zwei Kinder, die bald aus der Schule waren. Die andere lebte schon seit einigen Jahren in der Stadt und wollte Schauspielerin werden. Beide stammten aus einem kleinen Ort, in dem die Landessprache bellend und mit rollendem R ausgesprochen wurde. Auch die angehende Schauspielerin konnte diesen Dialekt nicht verstecken. Das werde ihr Rollenspektrum in Zukunft entschieden einschränken, dachte Romeo.

Er war inzwischen bei seinem zehnten Gin Tonic angekommen und verlegte sich zunehmend aufs Zuhören. Als ihre Freundin kurz verschwinden musste, beugte sich die Schauspielerin konspirativ zu Romeo: Nach den vielen ereignislosen Ehejahren solle ihre Cousine endlich wieder ein bleibendes Erlebnis haben, ob er das verstehe, ob er helfen könne und ob er im Hotel ein Zimmer habe.

Kurz darauf fuhr Romeo mit den beiden Blonden im Aufzug nach oben. Die Schauspielerin hatte schon ihre Hand in seiner Hose, während ihre Cousine noch etwas schüchtern war, als Romeo ihre Bluse öffnete und die weichen Brüste fühlte.

Entscheide jetzt! Weiter mit ...
Reue (S. 95) *oder*
Gekaufte Liebe (S. 99)

Reue

Romeo schämte sich zutiefst. Er hatte einen fürchterlichen Tag gehabt und viel zu viel getrunken, aber es hätte nicht passieren dürfen. Immer wieder holte ihn die Erinnerung an seinen Fehltritt ein, obwohl der jetzt fast ein halbes Jahr zurücklag.

Den ganzen Tag schon lief er ziellos in der Stadt umher. Zuerst schlenderte er am Fluss entlang, dann stieg er die fast 400 Stufen zur Spitze der wuchtigen Kathedrale empor und genoss die überwältigende Aussicht auf die Île de la Cité und die umliegenden Bezirke. Später ging er wieder am Ufer stromaufwärts, kam durch kleine Straßen, bis er vor dem monumentalen Eisenfachwerkturm stand, der als weltbekannte Architekturikone das Wahrzeichen der Stadt bildet. Weil ihm die Schlange der anstehenden Besucher zu lang war, ging er weiter zum Triumphbogen, wäre im Kreisverkehr fast überfahren worden, und blickte lange auf die mondäne Prachtstraße hinunter bis zum Obelisken.

Danach stieg er die berühmten Treppen zu dem ehemaligen Künstlerviertel im Norden der Stadt nach oben. Er hatte sich dort mit Julia verabredet, die tagsüber einen Kongress besuchte.

Seit dem missglückten Dreier im Hotelzimmer plagten Romeo gewaltige Gewissensbisse. Zwar war an diesem Abend nichts Nennenswertes passiert, aber allein der Versuch beschämte ihn. Romeo war so betrunken, dass er trotz der redlichen Anstrengungen der beiden Damen zu nichts mehr zu gebrauchen war. Er war aber nicht betrunken genug, um nicht mehr zu erkennen, worauf er sich da eingelassen hatte. Nachdem die an der Bar recht attraktiv wirkenden Cousinen ihre Kleider von sich geworfen hatten, beschloss Romeo, fortan die Augen geschlossen zu halten. Er wachte am nächsten Morgen alleine in seinem Bett auf, als das Zimmermädchen nach anhaltendem Klopfen endlich den Mut aufbrachte, die Tür zu öffnen.

Romeo musste sich daraufhin sehr beeilen, um seinen Termin mit der russischen Delegation nicht zu verpassen. Er erklärte höflich, aber bestimmt, dass er von der am Vortag diskutierten Geschäftsoption einer gemeinsamen Gesellschaft Abstand nehmen wolle. Die russischen Sätze, die seine Gesprächspartner daraufhin wechselten, verstand er nicht, merkte aber sehr wohl, dass sich ihre Begeisterung und ihre Sympathie für ihn in Grenzen hielten.

Während des Rückflugs blickte Romeo gedankenversunken auf die wattige Wolkendecke unter ihm. Einerseits war er froh darüber, die Eigenständigkeit seines Unternehmens nicht aufgegeben zu haben, andererseits dachte er unentwegt an Julia. Sie hatte sich in der letzten Zeit verändert, war zurückhaltender in ihrem oft hemmungslosen Konsum geworden und arbeitete nach ihren Möglichkeiten daran, die Partnerschaft mit ihm zu retten. Romeo verstand ihre Zeichen und er sah, dass sie an eine Zukunft mit ihm glaubte. Er wanderte in all den schönen gemeinsamen Erinnerungen umher und schreckte auf, als ihm die Flugbegleiterin ein Getränk anbot und besorgt fragte, ob es ihm nicht gut gehe. Romeo sah sie verständnislos an, er hatte nicht bemerkt, dass ihm Tränen über die Wange liefen.

Jetzt saß er in der alten Brasserie am Place du Tertre, auf dem zahlreiche Karikaturisten und Maler um die Gunst der Touristenhorden buhlten. Neben ihm lag ein Strauß roter Rosen. Romeo war sehr aufgeregt, er wollte Julia von seinem Seitensprung erzählen, ihr gleichzeitig offenbaren, dass er sie von ganzem Herzen liebte, und sie um Verzeihung bitten.

Dann sah er sie, strahlend schön in ihrem weißen Kleid, als sie von der Basilika kommend den Platz erreichte. Sie schien zu schweben wie ein Engel, blieb stehen, strich sich mit einer bezaubernden Bewegung eine Haarsträhne aus dem Gesicht und blickte suchend in Richtung des Lokals, in dem Romeo auf sie wartete. Er erhob sich und winkte ihr zu, als sich ihre Blicke trafen. Ein herzliches Lächeln erschien auf Julias Gesicht und Romeo wusste, dass sie beide zusammengehörten.

Gekaufte Liebe

Romeos Herz raste, er war betrunken und mitgenommen vom Tadalafil, das er mit Alkohol geschluckt hatte. Um die Wirkung noch zu verstärken, hatte er sich einen Ring über seinen erigierten Penis gesteckt, der mit einer weiteren Schlaufe seine prallen Hoden umschloss. Er lag auf dem Rücken und war außer Atem nach mehreren Stunden ausgelassenem Sex. Bei all den sich übereinander wälzenden Körpern hatte er längst den Überblick verloren. Seine Begleiterin, die er für diesen Abend im Internet gefunden hatte, war ihm schon nach kurzer Zeit abhanden gekommen. Sie vergnügte sich bestimmt in der unteren Etage des großzügigen Clubs.

Romeo drehte sich auf die Seite und betrachtete die Szenerie. Bestimmt dreißig nackte, ineinander verkeilte Körper bewegten sich rhythmisch in einem dunklen Raum, der indirekt mit blauem Licht beleuchtet war. Das monotone Stöhnen und Hecheln der Menschen bildete einen gleichbleibenden Geräuschpegel, der ab und zu von ekstatischen Schreien unterbrochen wurde.

Direkt vor ihm lag eine brünette Frau, deren Brüste zu groß und zu straff für ihre Figur und ihr Alter waren. Ein dunkelhäutiger, sehr muskulöser Mann stemmte seine beachtliche Männlichkeit kraftvoll in ihre Vagina, während sie angestrengt versuchte, zwei weitere

Männer mit ihren Händen zu befriedigen. Das Treiben sah ganz und gar nicht entspannt aus, doch für Romeo als Voyeur war die Situation durchaus erregend. Aus der hinteren Ecke des Raumes lösten sich zwei attraktive Frauen und kamen auf Romeo zu. Erwartungsvoll

drehte er sich wieder auf den Rücken und schloss seine Augen.

Es war bereits sechs Uhr morgens, als Romeo in Begleitung dieser beiden Frauen in der Liebenberggasse in ein Taxi stieg. „Was mache ich nur?", fragte sich Romeo mit einem Mal ernüchtert. Seine Lust, die Orgie im Hotelzimmer weiterzuführen, war schlagartig erloschen, als er im ersten Morgenlicht das gewöhnliche Leben in dieser schönen Jugendstilstadt erwachen sah. Er ließ das Taxi anhalten, gab dem Fahrer einen großen Schein und stieg schnell aus. Angewidert von sich selbst wandte er sich ab und verschwand in der nächsten Gasse. Über viele Umwege ging er zum Burggarten und setzte sich auf eine Bank. Romeo wusste, dass er an einer ausgeprägten Hypersexualität litt, die weit über ein gesteigertes sexuelles Verlangen zu einer Frau hinausging. Er war verzweifelt, seine Beziehung zu Julia war zerbrochen. Weinend saß er da und wartete, bis das Palmenhaus öffnete. Die Zeit des Heurigen war in diesem Jahr schon gekommen.

Entscheide jetzt! Weiter mit ...
Umkehr (S. 102) *oder*
Einsamkeit (S. 107)

Umkehr

Romeo hatte es wirklich geschafft. Wie früher reservierten sie ein Wochenende in ihren Terminkalendern und stiegen am Freitag Nachmittag ins Flugzeug. Sie wohnten in einem sehr schönen Hotel an der Piazza d'Ognissanti mit Blick auf den Fluss.

Am nächsten Morgen machten sie sich nach einem ausgiebigen Frühstück auf den Weg in die Stadt der Medici. Zahlreiche Meister der Renaissance hatten sich hier verewigt dank der Unterstützung ihrer reichen Mäzene, die so wiederum ihre Eitelkeit befriedigten. Bei schönstem Wetter schlenderten sie am Ufer entlang in Richtung des historischen Zentrums mit seinen bezaubernden Gassen und Plätzen. Schließlich standen sie vor der alten Segmentbogenbrücke, auf der sich an beiden Seiten kleine Geschäfte aneinanderreihten, die früher fest in der Hand von Gerbern und Schlachtern waren. Inzwischen fand man dort im meist dichten Gedränge ausschließlich Läden für Touristen mit Souvenirs und Schmuck. Sie gingen weiter zur Piazza della Signoria, wo Romeo in dem Café an der Ecke unbedingt einen Espresso trinken und die hausgemachte Schokolade probieren wollte.

Am Abend empfing sie Riccardo, der für den Einkauf verantwortliche Sommelier des Hauses, und sie besuchten den gigantischen Weinkeller der Enoteca. Riccardo war ein alter Freund von Romeo, der es sich nicht nehmen ließ, sie persönlich durch die heiligen Hallen zu führen. Soweit das Auge reichte, lagerten Weine der besten Lagen bekannter

Winzer über viele Jahrgänge hinweg geordnet und handschriftlich etikettiert in Regalen aus Holz. Der Keller war in der Tat atemberaubend, vor allem natürlich für Menschen, die gerne Wein trinken.

Der Besitzer dieses exzellenten Restaurants war selbst ein großer Weinliebhaber, der seinen Kollegen in der Nachbarschaft schon einmal aushalf, wenn in deren Lokalen eine besondere Flasche fehlte. Selbst aus der Cantinetta des größten Weinproduzenten der Stadt meldete man sich immer dann, wenn es um ein paar seltene Etiketten ging, die einem guten Kunden versprochen waren, aber aus dem eigenen Keller nicht geliefert werden konnten.

Bevor Romeo und Julia nach den Geschehnissen der letzten Jahre soweit waren, gemeinsam hierher zu reisen, hatte eine Menge passieren müssen. Es war nicht einfach für Romeo, den richtigen Therapeuten zu finden, dem er vertrauen konnte. Doch als er endlich die Therapie begann, war das der Schlüssel zur Besserung.

Romeo erforschte akribisch sein Selbstbild, er wurde zusehends ruhiger, entschleunigte sein Leben und ließ sich sogar überreden, eine Woche in einem Schweigekloster zu verbringen und ganz für sich zu sein. Diese Reise zu sich selbst war für Romeo ausgesprochen heilend. Er kam wie neugeboren zurück, fing wieder an Sport zu treiben, reduzierte seinen Alkoholkonsum und hatte neue Lebensfreude gefunden.

„Wie konnte ich nur so blind sein, warum habe ich mich erst so spät erkannt?", fragte er Theo in einer der Sitzungen unter Tränen. Über ein halbes Jahr lang saß er dreimal pro Woche entspannt und tief atmend bei seinem Therapeuten und Mentor, bis dieser die Idee gemeinsamer Sitzungen mit Julia hatte. Romeo sprang panisch auf, aber Theo beruhigte ihn mit seiner lieben, einfühlsamen Art und so willigte er schließlich ein.

Die Gespräche mit Julia in Theos Praxis waren anfänglich steif und zurückhaltend, aber schon beim dritten Treffen konnten die beiden über die eine oder andere Anekdote aus alten Zeiten lachen. Nach der vierten Sitzung verabschiedeten sie sich mit einem Küsschen auf die Wange und drei Monate später planten sie dieses gemeinsame Wochenende, allerdings unter Aufsicht.

Nach einem Tag voller schöner Eindrücke saßen sie jetzt in dem eleganten Restaurant in der Via Ghibellina und genossen das Degustationsmenü, mit dem der Küchenchef eindrucksvoll sein Können demonstrierte, begleitet von wunderbaren Weinen, die Riccardo eigens dafür ausgesucht hatte. Es war ein herrlicher Abend, doch es war spät geworden und

Romeo wollte aufbrechen. Heimlich beglich er auf dem Weg zur Toilette die Rechnung.

Zurück am Tisch verabschiedeten sich die beiden herzlich von Julia und ihrem neuen Partner. Romeo nahm Theos Hand und sie gingen durch den lauen Abend zurück zum Hotel. Am nächsten Morgen wollten sie so früh wie möglich in der Galleria dell' Accademia sein, um die ebenmäßige Gestalt des David anzusehen, die Statue aller Statuen. Julia blickte den beiden nachdenklich, aber mit einem Lächeln auf ihren Lippen hinterher. „Das Leben ist schön", wollte sie Romeo zurufen, „genieße es, denn es ist sehr kurz."

Einsamkeit

Romeo ernährte sich fast nur noch von Suppe oder Brei. Nachdem er alle Schneidezähne bis zu den faulenden Wurzelstöcken verloren hatte und die verbliebenen Backenzähne an den Wurzelhälsen weit vom Zahnfleisch entblößt waren, schmerzte jeder Biss. Mit ausreichend Alkohol konnte er über seine Lage sogar sarkastische Reden schwingen. Seinen neuen Freunden, die ihm kürzlich in einer bedrohlichen Situation das Leben gerettet hatten, erklärte er zahnlos, aber vollmundig, dass er ohnehin die meiste Zeit im Jahr keine Gelegenheit habe, Einladungen zu herzhaften Abendessen anzunehmen. Und als Koch sei er schon immer eine Fehlbesetzung gewesen, also könne er gut auf seine Zähne verzichten.

Als Folge seiner jahrelangen Exzesse im Rotlicht-Milieu verlor Romeo immer mehr den Anschluss an sein früheres Leben. Nach Julia wandten sich auch seine Freunde ab und sein Unternehmen wurde bald in die Hände eines Verwalters übergeben, der alle Versuche unternahm, einen Konkurs abzuwenden.

Er verwahrloste immer mehr und ließ sich gehen. Einmal Zähneputzen pro Woche musste reichen und dies auch nur dann, wenn er auf seinen Streifzügen durch die Stadt aus irgendeiner Mülltonne Zahnpasta erbeuten konnte. Er war froh, dass nicht alle Menschen ihre Zahnpastatuben penibel auspressten oder sogar aufschnitten, um den letzten kleinen Rest herauszukratzen. Überhaupt, so war er überzeugt,

machten sich die wenigsten Menschen in dieser Highspeed-Gesellschaft darüber Gedanken, armen Kerlen, die ganz unten angelangt waren, etwas übrig zu lassen. Er dachte dabei nicht primär an Geld vom Staat, vielmehr hatte er sich in seinem verwirrten Kopf ein eigenes, pragmatisches Konzept zurechtgelegt. Sie könnten alle im Schlaraffenland leben, erklärte er seinen frierenden Obdachlosenfreunden, wenn jeder Bürger nur die zehn bis zwanzig Prozent seiner Lebensmittel, die er sonst in den Abfall wirft, an Menschen wie sie weitergeben würde.

Sein Vorhaben, mit einigen Prostituieren ein Nobelbordell speziell für Manager großer Unternehmen, Regierungsabgeordnete oder Konsulats- und Botschaftsmitarbeiter aufzubauen, scheiterte nicht an der Nachfrage, sondern an den Zuhältern, die sehr eindringlich ihren Eigentumsanspruch an den Damen anmeldeten. Romeo, der völlig unerfahren war im Milieu der Edelprostitution, hatte nicht mit der Vehemenz gerechnet, mit der diese Leute ihre Forderungen durchsetzten.

Als ehemals seriöser Geschäftsmann versuchte er wie gewohnt, einen für beide Seiten vertretbaren Kompromiss zu erzielen: „Lassen Sie uns doch bitte zuerst die Rahmenbedingungen einer partnerschaftlichen Zusammenarbeit erörtern", wollte er das Gespräch beginnen. Die übertrieben trainierten Herren mit ihren quadratischen, haarlosen Köpfen hatten jedoch nicht einmal den Anstand, auf diesen Vorschlag zu antworten. Eine fleischige, aber durchaus geübte Faust drosch mit solch einer Wucht in Romeos Gesicht, dass er glücklicherweise sofort die Besinnung verlor. Fäuste und Stiefel bearbeiteten seinen am Boden liegenden Körper ohne Gnade. Hätten seine neuen Freunde die Schlägerei nicht zufällig bemerkt und Hilfe geholt, wäre Romeo an diesem Tag wohl für immer abgetreten.

Er nahm längst nicht mehr teil am öffentlichen Leben, las keine Zeitung und hörte keine Nachrichten. Im Gegenteil, er wollte vergessen und die Wirklichkeit ausblenden. Um schlafen zu können, betäubte er sein Schamgefühl und das ständige Frieren mit billigem Alkohol. Meist ging er dann in den Englischen Garten, den großen Park inmitten der Stadt, und saß auf einer Bank am Eisbach, der hier in der Nähe des Kunstmuseums eine Stromschnelle bildete, die bei Wellenreitern aus der ganzen Welt beliebt war.

Der Abend war ungewöhnlich mild für die Jahreszeit, ein warmer Föhnwind von den Alpen wehte über die Stadt. Romeo war müde vom täglichen Kampf um warme Schlafplätze und billigen Rotwein. Auch im Keller der Gesellschaft galten knallharte Regeln und feste Rangordnungen. Er legte sich auf die

Parkbank und fiel in einen traumlosen Schlaf. Die Warnungen vor dem schweren Orkansturm hatte er nicht gehört, der auf seinem Weg nach Süden mit über 140 Stundenkilometern über das Land fegte und spitzte Eiskristalle vor sich hertrieb.

Das Unwetter erreichte die Stadt um Mitternacht. Romeo schlief tief und fühlte nichts. Am nächsten Morgen fanden ihn die hartgesottenen Surfer, die sogar zu dieser Jahreszeit die berühmte Welle ritten.

An mein Team

Danke an Amy Bradley und Chantal de Mür für ihre unermüdliche Ausdauer, Begeisterung und Einsatzbereitschaft bei der Bewältigung der vielen Aufgaben, bis das Buch schließlich fertig und gedruckt war.

Danke an Hans-Joachim Ellerbrock für die vielen Gespräche, bei denen die Frage, „was die Welt im Innersten zusammenhält", doch nicht abschließend ergründet wurde. Danke für die wertvollen Ratschläge und die Gestaltung des Buches.

Danke an Sandra Stoller, die mit ihrer gewinnenden und sympathischen Art auch bei engem Zeitplan die Vermittlung zwischen den Beteiligten und die Koordination der Termine immer im Griff behielt.

Danke an Dr. Andreas Klement für seine ruhige, professionelle und überzeugende Unterstützung als Lektor und Ratgeber. Danke für seine spürbare Begeisterung an der Idee des Buches und ihrer Umsetzung.

Christian Zott

Zeitfracht Medien GmbH
Ferdinand-Jühlke-Straße 7
99095 Erfurt, Deutschland
produktsicherheit@kolibri360.de